裏火盗裁き帳 六

吉田雄亮

コスミック・時代文庫

この作品は二〇〇五年十二月に刊行された『裏火盗罪科帖（六）観音裁き』（光文社時代小説文庫）を改題し、大幅に加筆修正を加えたものです。

目次

第一章　逢《ほう》着《ちゃく》

一

風が吹き荒れていた。

叩きつける大粒の雨が地を揺らしている。荒れ狂う浪《なみ》が、岸辺にあるものをあらいざらい呑み込もうと襲いかかった。

火付盗賊改方石川島人足寄場付同心・大場武右衛門《おおばぶえもん》は押し寄せる波に足をとられながら波打ち際を走り回っていた。一度、二度と繰り返し、それでも諦《あきら》めきれずに行う、三度めの見廻りであった。

合羽《カッパ》をつらぬいて、雨が着物を濡らしている。下帯《したおび》まで水が通っていた。

「豆州《ずしゅう》無宿・松吉《まつきち》、房州《ぼうしゅう》無宿・新助《しんすけ》、相州《そうしゅう》無宿・石造《いしぞう》。三人の姿が見えぬ。どこへ失せたのだ」

菅笠《すげがさ》の縁に手を当て、顔を上げた。頬が痛い。皮膚を貫かんばかりに叩きつけてくる水滴が与える痛みだった。

白い波頭を高々と屹立《きつりつ》させて海原が盛り上がっていた。轟音《ごうおん》を発して、稲妻が漆黒《しっこく》の空を切り裂いて、走った。雨が銀粒となって浮かび上がる。

「この大時化《おおしけ》だ。島破りなどできるはずがない」

呻《うめ》いたとき、水溜まりを蹴散《けち》らして走り寄る足音が響いた。

「見つかったか」

振り向くと、濡れ鼠《ねずみ》となった人足小屋差配・蔵田要助《くらたようすけ》が、雨水の滴る菅笠の縁を持ち上げ、声を張り上げた。

「おりませぬ。どこにも見あたりませぬ」

「こんな、こんな嵐の夜に、島破りをしたというのか。絶対にない。海へ泳ぎ出たら溺れ死ぬに決まっている。どこぞに身を潜《ひそ》めているに相違ないのだ。探せ。草の根わけても探しだすのだ」

「は。不寝番《ねずばん》の者すべてをかり集め、探索をつづけまする」

蔵田要助は背中を丸めて走り去った。

高波が大場武右衛門に覆《おお》いかぶさり、岸辺を弾《はじ》いて、引いていった。水にさらわれそうになる。懸命に足を踏ん張って、耐えた。

「この雨風だ。島破りなど、島破りなど、できるはずがないのだ」

大場武右衛門は、威嚇《いかく》するかのごとく水面をかかげる江戸湾を睨《にら》みつけた。


昨夜の嵐が、嘘のように晴れ渡った江戸の町を疾駆する、三頭の騎馬があった。

手綱《たづな》を操るのは、火付盗賊改方長官・長谷川平蔵《はせがわへいぞう》と、乗り手のいない馬を引いた同心・相田倫太郎《あいだりんたろう》であった。

風雨がおさまった早朝、月番の南町奉行所より、清水門外の火付盗賊改方の役宅に、

「石川島人足寄場のお仕着せを身につけた男ふたりが、頭を石で割られて絶命している。十軒町《じっけんちょう》の浜辺の、漁師番屋の近くに倒れていた。顔あらためを願いたい」

との知らせがあった。

「島破りとなれば、由々しき大事」

平蔵は支度をととのえ、同心・小柴礼三郎《こしばれいざぶろう》と相田倫太郎をともない、馬を駆って出役したのだった。途中で駒の足を止めた平蔵は、

「小柴、ここで下馬して石川島人足寄場に渡り、大場武右衛門と蔵田要助をとも

なって、本湊町《ほんみなとちょう》の渡し番屋にて待て。骸《むくろ》のある場所を確かめた上、相田を迎えに走らせる」

　そう命じ、二手にわかれて十軒町の浜辺に急行しているのだった。

　漁師番屋の近くに人だかりがしていた。砂を蹴散らして駆け寄った平蔵は、馬から飛び降り、告げた。

「火付盗賊改方・長谷川平蔵である。顔あらためにまいった」

「骸は見いだされたときのまま、おいてありまする」

　出迎えた町方同心が応じた。

　平蔵が振り返った。

「相田、渡し番屋へ向かい、大場武右衛門と蔵田要助を連れて来るのだ」

　歩み寄り、手綱を渡して、つづけた。

「馬を引いてゆけ。小柴の乗ってきた駒とわしの愛馬の二頭、大場、蔵田に貸し与えれば駆けつけるのも容易であろう」

「は。ただちに渡し番屋へまいりまする」

　相田は馬の腹を蹴った。三頭の馬が砂塵《さじん》を蹴立てて、走り去った。

　平蔵は、振り返った。

「見分させていただく」

「こちらへ」

町方同心は先に立って歩きだした。

相田倫太郎が本湊町の渡し番屋へ到着したのと、猪牙舟《ちょきぶね》に乗った小柴たちが揚場《あげば》へ着くのとが、ほとんど同時だった。

降り立った三人が相田に駆け寄って来た。

「馬で至急駆けつけよとの御頭の命令でござる。小柴殿、馬を」

うなずいた小柴が渡し番屋の前につないであった馬に向かって走った。つづいた蔵田に手綱を渡す。

「暫時《ざんじ》、お借りいたす」

「相田殿に預けてくだされ。身共《みども》はこれより歩いて役宅へ戻る所存」

「承知仕《つかまつ》った」

蔵田が鐙《あぶみ》に足をかけ、馬に乗った。

「参る」

相田倫太郎が一鞭くれ、先達役となって走り出した。大場武右衛門と蔵田要助がつづいた。

駆けつけた大場武右衛門と蔵田要助は骸の脇に片膝をついて、顔あらためをしている。二人の顔は石でめった打ちされていた。崩れて、血塗《ちまみ》れとなっている。どこのだれかの判別は難しいかにおもわれた。平蔵はじっと見つめている。

大場武右衛門が立ち上がり、平蔵に歩み寄った。

「躰《からだ》つきからみて、房州無宿・新助、相州無宿・石造に間違いありませぬ」

「そうか」

「お耳を拝借」

大場武右衛門が平蔵に耳打ちした。

「何と」

「豆州無宿・松吉が、その不心得者でございまする」

「島破りした者は三人。ひとりが行方をくらましたこと、隠し立てするわけにもいくまい。探索の手立てを講じるしかなかろう」

傍《かたわ》らに控える相田倫太郎に顔を向けて、いった。

「結城《ゆうき》の手を借りようとおもう。これより浅草新鳥越町《あさくさしんとりごえちょう》二丁目へ馬を走らせ、今宵、暮れ六つに、[水月《すいげつ》]で待っているとつたえよ」

「不在のときは、いかがいたしましょう」

「つたえるまで結城を待て。時に遅れても、来るまでわしは待っているともな」

「は」

応じた相田倫太郎は、馬をつないである松林へ向かって走った。

(殺し方からみて、松吉ひとりの仕業とはおもえぬ。此度《こたび》の島破り、裏に何か深い企みが潜んでいる気がしてならぬ。わしの直感、さほどの狂いはあるまい。蔵人《くらんど》にうまくつなぎがつけばよいが……)

平蔵は、結城蔵人におもいを馳《は》せた。

石川島人足寄場を創建した長谷川平蔵は、加役寄場取扱に任じられた。平蔵は石川島人足寄場の勤めに時間が割かれ、本来の任務である探索がおろそかになるは必至と判断。老中筆頭・松平定信《まつだいらさだのぶ》と計って、支配違いにかかわりなく探索を行う蔭の組織、裏火盗を結成した。その裏火盗の頭領として長谷川平蔵が白羽の矢をたてたのが、小身旗本・結城蔵人であった。

その結城蔵人は、いま、阿部川町《あべかわちょう》の一刀流・奥田《おくだ》道場の奥の座敷にいる。一ヶ

月ほど前、裏火盗の副長・大林多聞《おおばやしたもん》の剣の師である奥田匠太夫《しょうだゆう》が病にて急逝した。探索におわれ、葬儀に参列できなかった多聞は、

「せめて線香の一本でも」

と出かけてきたのだった。蔵人は、多聞の剣の師に敬意を表しての同行であった。

奥田道場は長子の荘太朗《そうたろう》が継いでいた。二十数年にわたる弟子・大林多聞を、荘太朗はもちろん、妹の佐和《さわ》と末子の周次郎《しゅうじろう》の三人がそろって歓待した。匠太夫の妻は、すでに五年前に病死していた。

仏に手を合わせたのち、半刻（一時間）ほど奥田兄弟と多聞は、四方山《よもやま》話にふけっていた。蔵人は、口をはさむこともなく話に聞き入っている。

やがて、弟子が障子ごしに声をかけてきた。

「道場破りがまいっております」

「相手にするな。引き取ってもらえ」

と応じた荘太朗に、

「九代将軍様の御子息にて松平余《よ》一郎《いちろう》と名乗っておられます。一手指南を受けるまでは帰らぬ、とお付きの衆ともども道場に座り込まれて、梃子《てこ》でも動く様子が

みえませぬ」

「松平余一郎君《ぎみ》だと」

荘太朗の面《おもて》に困惑が走った。

松平余一郎は九代将軍家重《いえしげ》の末子であった。扶持《ふち》五千石をあてがわれ、富裕な商人の贅《ぜい》を尽くした寮が諸処に立つ、風光明媚な日暮《ひぐらし》の里に、広大な拝領屋敷をあたえられて、生母・藤《ふじ》の方ともども、安穏《あんのん》な日々を送ることが約束された人物であった。が、しかし、

「利かぬ気の乱暴者と評判のお方。厄介《やっかい》なことにならねばよいが」

多聞が眉を顰《ひそ》めた。

「私が相手仕ろう。当道場出入りの者とでもしていただければよい」

脇に置いた大刀を手に立ち上がろうとした蔵人を、荘太朗が制した。

「道場のことは身共が始末をつけまする。父もそう望んでいるはず」

笑みを含んで告げ、立ち上がった。

奥田荘太朗と松平余一郎は、道場で木刀を手に対峙《たいじ》していた。蔵人と多聞、周次郎の三人は、奥の間との境の板戸の蔭に立ち、勝負の成り行きをうかがってい

る。

荘太朗は正眼、松平余一郎は木刀を頭上に高々と横一文字にかかげ、左手を峰に添えた鳥居のかたちに構えていた。蔵人は、勝負は五分、と見ていた。甘やかされて育ったはずの、将軍家の子息とはとてもおもえぬ業前《わざまえ》に、正直いって蔵人は驚いていた。ただ剣の流派は、代々将軍家指南役をつとめる柳生《やぎゅう》家がつたえる柳生新陰流とは微妙に違っていた。

（おそらく直心影《じきしんかげ》流……）

蔵人はそうみた。

荘太朗は動かない。松平余一郎が打ち込んでくるのを、待つ腹づもりでいるのはあきらかだった。身分の高い相手と仕合うときには、ほとんどの剣客《けんかく》がそうした。相手の力量もわからぬうちに仕掛けて、怪我でもさせたら後々面倒とのおもいがあったからだ。

しばし睨み合って、松平余一郎が皮肉な薄ら笑いを浮かべた。

「なぜ打ち込んで来ぬ。おれが九代将軍の子だからか。遠慮は無用」

半歩迫った。間合いを保って、荘太朗は半歩下がった。

「おのれ、許さぬ」

松平余一郎は鳥居のかたちを崩さぬまま、一気に攻め込み、上段からの木刀を振り下ろした。荘太朗は逆袈裟《ぎゃくけさ》に木刀を振り上げた。ぶつけあう。乾ききった音がひびいた。荘太朗と松平余一郎は激しく打ち合った。

（まさしく互角。下手な気づかいをせねばよいが……）

蔵人は、荘太朗の剣先に微かなためらいがあるのを感じとっていた。松平余一郎の太刀筋には一切の妥協がなかった。矢継ぎ早に攻撃を仕掛けてくる。荘太朗は打ち合ってかわしながら、次第に道場の羽目板際に追い込まれていった。

羽目板に背をつけたとき、荘太朗は剣先を下げて、いった。

「まいった。この勝負、拙者《せっしゃ》の負けでござる」

松平余一郎の顔が、怒りにどす黒く染まった。

「遠慮は無用といったはずだ。それでも剣に志す者か」

吠えるや、痛烈な突きを荘太朗の喉もとにくれた。鈍い音を発し、木刀の先端が荘太朗の喉に突き立ち、貫いて、背後の羽目板を打ち砕いた。

呻き声を発した荘太朗は、引き抜かれる木刀を追うように、前のめりに倒れた。

「先生」

「おのれ、まいったと告げた者を突き殺すとは、卑怯《ひきょう》」

荘太朗に駆け寄り、抱き起こした弟子たちが叫んだ。

「敵討《かたきう》ちがしたければまいれ。いつでも相手になる」

弟子たちを睥睨《へいげい》して、血の滴る木刀を打ち振った。血が飛び散る。

弟子たちは切歯《せっし》扼腕《やくわん》、無念げに見据えている。

「誰もおらぬのか。なら、引きあげるぞ」

松平余一郎が踵《きびす》を返したとき、声がかかった。

「拙者がお相手仕ろう」

余一郎が振り向くと、蔵人が木刀を一振りしていた。

対峙して、いった。

「結城蔵人。望みどおり遠慮はせぬ」

右下段に構えた。

「おれもだ」

松平余一郎が正眼に木刀を置いた。

「その勝負、待たれよ」

声が上がった。

「玄蕃《げんば》、なぜ止める」

総髪に結い上げた、いかにも兵法者然とした、四十そこそこの筋骨逞《たくま》しい武士が立ちあがった。余一郎につきしたがってきた四人の家来のなかで、もっとも年嵩《とし》《かさ》の者だった。

「御堂《みどう》玄蕃。若様に替わってお相手いたす」

羽目板の刀架に歩み寄り、木刀を手にとった。

「無用。これはおれの勝負だ」

吠えるや余一郎は、突きかかった。蔵人は半歩左横に動いて、突きだされた木刀をはね上げた。木刀は宙に舞い上がり、天井に突き刺さった。

「容赦はせぬ」

蔵人は、振り上げた木刀を袈裟懸けに振り下ろした。余一郎の右肩に炸裂《さくれつ》する。

呻いて、そのまま崩れ落ちた。

「おのれ」

「許さぬ」

家来たちが蔵人に迫った。手にした刀を抜きつれる。

蔵人は木刀を右下段に置いて、いった。

「骨は折れてはおらぬ。懲《こ》らしめのために打ち据えた。しかるべき筋へ訴え出れば九代将軍の子といえども、卑怯の振る舞いあり。武士道立たず、とお咎《とが》めがあるやもしれませせぬぞ」

「いわせておけば」

「素浪人の分際をわきまえぬ雑言《ぞうごん》。その分には捨ておかぬぞ」

いきり立った家来たちが、さらに迫った。

「お主らまで倒されたら事が大きくなるぞ。大目付、いや老中が乗りだしての評定所《ひょうじょうしょ》にての裁定となる恐れもある。覚悟の上でかかってこられよ」

蔵人は逆に一歩間合いを詰めた。

家来のひとりが上段から斬ってかかった。わずかに身をかわした蔵人は伸びきった家来の腕をしたたかに打ち据えた。骨の砕ける鈍い音がした。転倒し、激痛に腕を押さえてのたうった。

「こんどは骨を折るだけではすまぬ」

蔵人は八双《はっそう》に構えなおした。

「待て」

それまで成り行きを見つめていた御堂玄蕃が声をかけた。

「御堂殿、このままでは」

怒りの眼を剝《む》いた残る家来たちを鋭く見据え、告げた。

「引きあげる」

おもわず顔を見合わせた家来たちに、重ねていった。

「余一郎様は抱えていくしかあるまい。腕を折られた未熟者は抱き起こして、肩でも貸してやれ。ぐずぐずするな。仕合で、まいった、と申した相手を殺したのだ。表沙汰になれば結城殿の申すとおり、お咎めがないとはかぎらぬ」

うなずいた家来が、気絶したままの松平余一郎を抱え上げた。骨折した者を残るひとりが背負った。

「また会いたいものだな」

「無用」

蔵人は低く応じた。冷えた笑いで応じた御堂玄蕃は、松平余一郎を抱きかかえて立ち去った家来たちを追って、後退《あとずさ》った。

動きに隙《すき》がなかった。

(恐るべき剣の使い手)

蔵人は、凝然と見据えた。

多聞の診療所を訪ねた相田倫太郎は、留守を預かる雪絵《ゆきえ》から、

「結城さまは大林さまとともに、阿部川町の奥田道場におでかけになりました」

と聞き、急遽《きゅうきょ》、向かった。

二

平蔵の伝言を聞いた蔵人は、おのが住まいにはもどらず、そのまま平右衛門町《へいえもんちょう》の船宿水月へ出向いた。

暮れ六つ（午後六時）にはまだ間があるというのに、平蔵はすでに水月にいた。

蔵人が座につくなり、いった。

「実は石川島人足寄場から、寄場人足三人が島破りしおった」

「島破り」

「石川島人足寄場と佃島《つくだじま》の距離はわずかに一丁。水練にたけた者なら、岸辺に潜んで嵐がわずかでも鎮まるのを待って泳ぎ出せば、渡り切れぬこともない。島破りした三人は漁師あがりだというしな」

「佃島から十軒町の岸辺までは、嵐がおさまるのを見届けて、漁船を奪って漕ぎ

出せばさほどの時もかかりますまい」

「漂流している漁船も見いだされている。嵐のせいで、舫綱《もやいづな》が切れたのではないかと最初はおもったそうだが、あらためてみると舫綱は切れていない」

「そのこと、漁師から届け出があったのですな」

「昼過ぎ、佃島は住吉明神社近くの自身番にな。面妖なのは、これからじゃ。力をあわせ、行を共にしたとおもわれる三人のうちふたりが殺された。ひとりで殺したとはおもえぬ死にざまでの」

「あらかじめ、仲間が十軒町の岸辺に待ち受けていた。そういうことでございますか」

「おそらく、な」

「……石川島人足寄場を探りに来て、目的を果たしたから島破りをした。そんな気もしますが」

「島破りしてひとりだけ生きのびたのは、豆州無宿の松吉。つい二ヶ月ほど前に寄場送りとなった者だ」

「二ヶ月、でございますか」

二ヶ月という時の流れを、どうとらえればいいか蔵人は迷った。潜入して探りを入れるには短かすぎる気もするし、十分な気もした。

平蔵が、ことばをかさねた。

「何を探っていたのか。わしは、それほど難しいことではなかったような気がする」

「誰かの出入りを確かめるていどのことかと……」

「たぶん、な。佃島の漁師を装って人足寄場近くに釣り船を漕ぎ出す。島破りしたい日の前日に、お仕着せを脱いで振るなどの合図と、合図をする時刻をあらかじめ決めておけば、寄場人足とつなぎをとることはできる」

「三人で島破りをしたのは、殺されたふたりが、松吉の島破りを察知したため仕方なく動きをともにした、ということかもしれませぬな」

「蔵人、至急、松吉の探索に仕掛かってくれ」

「明日にでも柴田《しばた》を、松吉の調べ書きを受け取りに役宅へいかせまする。手配のほど、よしなに」

「昼までに用意させる。与力の石島《いしじま》を訪ねるがよい」

「わかりました」

平蔵は高足膳に置かれた銚子を手にとった。盃に酒を注ぐ。微笑《ほほえ》んで、いった。

「話は終わった。久しぶりに軽くいこう」

手にした盃を口へ運んだ。

蔵人は盃に手をのばさない。

「どうした。呑まぬのか」

「実は、申し上げておかねばならぬことが」

「何か、仔細があるようだの」

平蔵は、盃を置いた。

蔵人は多聞とともに奥田匠太夫の供養のため、奥田道場を訪れたこと。道場破りに来た松平余一郎が、仕合った奥田荘太朗を惨殺したこと。挑発した余一郎に勝負を挑むに至った顚末《てんまつ》を詳しく語った。平蔵は口をはさむことなく聞き入っていた。

「まいった、と申した者を木刀で突き殺すなど言語道断。武士にあるまじき行為。そのまま見過ごすことができず、つい」

「打ち据えたか」

蔵人は無言でうなずいた。

「表沙汰になれば松平余一郎君もただではすむまい。乱行が過ぎるとの声が、幕闇の要人たちの間にもある。ましてや、武士道に背く卑劣な行為じゃ」

「しかし、九代将軍様のお子にはかかわりありませぬ。将軍家の血筋の者を完膚《かんぷ》なきまで叩きのめしたとなると」

「お咎めはあるまいよ。そこらの破落戸《ごろつき》同然の恥ずべきことだ。余一郎君から事を荒立てることはまずあるまい。武士の範たるべき将軍家の一族として、汚点を残すことになる」

「ほかに憂うべき問題がひとつ」

「何だ」

「奥田荘太朗の妹・佐和、弟・周次郎が、敵討ちを誓っております。あの様子では、まずとめだてするのは難しかろうと」

平蔵は宙に視線を泳がせた。ややあって、いった。

「討ちたいものは討たせればよい。武士の姉弟として当然のことだ」

「しかし、奥田の姉弟にお咎めがあるは必定《ひつじょう》」

「討ち果たせるとはかぎらぬ。見事本懐を遂げたときは、かばってやる何らかの手立てもあろう。いまは、それしかあるまい」

「成り行きにまかせるしかないのかもしれませぬな」

蔵人にも、よい思案は浮かばなかった。

窓下を流れる神田川を行く屋根船から、三味線の音が、窓障子ごしに洩《も》れ聞こえてくる。どこぞの大尽《だいじん》が、芸者をあげての舟遊びと洒落《しゃれ》こんでいるのであろう。常磐津《ときわづ》を口ずさむ芸者の艶やかな声が風に乗って流れて来た。

「なかなか、いい。色気がある」

平蔵がつぶやいた。

蔵人も同じおもいだった。遠ざかる常磐津の調べに、耳を傾けた。

翌日、柴田源之進《げんのしん》は清水門外の火付盗賊改方の役宅に出向いた。柴田は一度見聞したものは決して忘れぬ、類稀《たぐいまれ》なる記憶力の持ち主であった。その特異な能力は裏火盗の扱う事件の探索において、いかんなく発揮されていた。

応対に出た石島修助《しゅうすけ》は、かつては石川島人足寄場へ平蔵が詰めたときの探索方の差配をまかされていた。が、失態が相次ぎ、

「功を焦り、結果を求めすぎる。探索には不向き也」

と平蔵から申しわたされ、いまでは留守を預かる、いわば雑役の任務にしたがっていた。

石島は動きが気になるらしく、

「身共が探索方より離れてからは顔を合わせることもないが、結城殿はいかがお過ごしかの」

などと根ほり葉ほり探りを入れてくる。柴田は気が急《せ》いているのだが、無下《むげ》にもできず、我慢強く、当たりさわりなく対応した。石島は、なかなか肝心の調べ書きを見せてくれない。柴田は、かつて石島が蔵人に異常なほどの対抗意識を燃やし、事あるごとに対立していたことをおもいだした。

(そのころの口惜しさが、澱《おり》となってこころに残っているに違いない)

柴田は、正直いって困惑していた。調べ書きの写しを蔵人以下裏火盗の面々は首を長くして待っているはずであった。石島の、埒《らち》もない四方山話につきあっている余裕はなかった。だからといって、話の腰を折るなど、一度でも機嫌を損じると石島の性格からいって、向後のことに支障をきたすのは眼に見えていた。石島は調べ書きなどの文書の管理もまかされている。火盗改メが調べた結果を入手して、裏火盗の探索の役に立てるなど頻繁に起こりうることであった。

(ここはじっくり腰を据えるしかあるまい)

柴田は腹をくくった。

柴田が、松吉の調べ書きを石島から受け取ったのは、一刻（二時間）ほどのちのことだった。柴田は書庫の一隅に置かれた文机《ふづくえ》に向かい、調べ書きを写し始めた。

柴田が松吉の調べ書きを書写しているころ、船宿水月にひとりの客がふらりと入ってきた。三十歳少し過ぎであろうか、細面《ほそおもて》で優しげな顔つきの、右耳の下に大豆大《だいず》の火傷《やけど》の跡のある、一見大店《おおだな》の手代風の男だった。堅気《かたぎ》の出で立ちはしているが、応対に出たお苑《その》はどことなく崩れたものを感じとっていた。

「たまの休みなんで、川沿いの座敷でのんびりしたいとおもって。上がらせてもらえますか」

と男は、腰低くいったものだった。お苑は、湧いたおもいをおくびにも出さず、愛想良く一階の神田川沿いの座敷へ案内した。座につくなり男が、聞いてきた。

「この船宿のご主人の名は、仁七《にしち》さん。たしか、そうでしたよね」

初めて見た男に仁七の名を出されて、お苑に警戒が芽生えた。曖昧《あいまい》に微笑んだ。

「おっ母《か》さんの名はお滝《たき》さん。そうじゃございませんか」

「さあ。旦那さんのおっ母さんの名は、わたしにはわかりかねますが」

お苑は首を傾げてみせた。仁七から、おっ母さんのことは何度か聞かされたことはある。

「おれが十歳のとき、どこぞへ姿をくらましちまったのさ。面倒をみてくれたお人が盗っ人で、そのまま引き込み役で丁稚《でっち》奉公させられて、渡世《とせい》に足を突っ込んだんだが、おっ母あの噂はあちこちから聞こえてきた。どこの誰それとくっついたの離れたの、また別の盗っ人とつながったのだの、男出入りの噂ばかりさ」

話すたびに仁七は苦い笑いを浮かべたものだった。

（そのとき聞かされたおっ母さんの名は、たしかにお滝だった。けど、なんでそのことをこの男は知ってるんだろう）

お苑は探る視線を男にそそいだ。

お苑の疑心を察知したのか、男はさりげなくいった。

「実は、そのお滝さんが我が子を、仁七さんを探しておいでてね。お父《と》っさんと会わせたいとおっしゃってるのさ。ご主人に聞いておくれでないかね。おっ母さんの名はお滝さんじゃないかって」

「聞くだけでよろしゅうございますね」

「お滝さんというのだったら、会って、直接話をしたいんだがね。どうだろう。

取りもってもらえないかね」

「それは、あたしの一存では」

「わたしは豆州・下田《しもだ》の物産問屋［浮島屋《うきしま》］の手代で松吉、といいます。何とか会えるようにしてもらえないかね」

「話してはみますけど」

引きあげてきたお苑は、板場で肴《さかな》の仕込みをしている仁七に、松吉の話をした。

「おっ母あの名はお滝に違えねえが、浮島屋の松吉ってお人にゃ覚えはねえな」

手を止めて仁七は首をひねった。

「おれのお父っさんに会わせたい、とおっ母あがいってるというんだな」

「おまえさんの話じゃ、おっ母さん、お父っさんはどこのだれかわからないいって」

いいかけて、お苑はつづくことばを呑みこんだ。仁七の前では父親の話は禁句だった。

仁七は不機嫌さを剝き出して黙り込んでいる。とりつく島がない、ありさまだった。

「お父っさんに会わせる、か」

ぼそりとつぶやいた。

「会ってみるか、浮島屋の松吉さんとやらに」

仁七は前掛けをはずした。


「当家の主でございます」

廊下に坐った仁七は戸襖《とぶすま》ごしに声をかけた。

「入っておくんなさい」

なかから松吉が応えた。仁七は戸襖を開けた。床の間を背にして坐っている松吉の顔に見覚えはなかった。

向かいあった仁七に松吉が告げた。

「松吉といいます。お滝さんから、仁七さんを連れてきてほしいと頼まれているんで」

「連れてきて？」

「お滝さんは、いま仁七さんのお父っさんと一緒にいられるんで。できれば父子の名乗りなどさせてえと仰《おつしや》っているんですが」

「右も左も分からねえ餓鬼の時分に、捨て子同然におっぽりだして、どっかへ消えたおっ母あだ。いまさら顔合わせもありませんや。冗談が過ぎるってもんで。それと」

　そこでことばを切った仁七は、鋭く見据えた。

「松吉さんとやら、おまえさん、どこのお頭のお身内だね。堅気の格好はしているが、おれには、とてもそうはおもえねえ」

　松吉はふてぶてしい笑みを浮かべた。それまでの、生真面目な様子は影をひそめて、獰猛《どうもう》な獣じみた目つきとなっていた。

「さすがに雁金《かりがね》の仁七兄いだ。眼が高い。なぜわかったんで」

「おっ母あのことだ。盗っ人稼業から足を洗っているはずがねえ。そういう気性の女だ」

「てめえのおっ母あに、たいそうな物言いだな。罰《ばち》があたるぜ」

「罰をあてたいのは、おれのほうさ。いいおもいのひとつもさせてくれたことのねえ女よ」

「金輪際《こんりんざい》会いたくねえ。そういう心持ちかい」

「用がすんだら帰ってくれ。おっ母あにかかわりのある野郎なんかに、呑ませる酒はねえ」

「これはご挨拶だ」

松吉は裾を払って立ち上がった。

「会いたくなったら、深川は永代寺門前町《えいたいじもんぜんちょう》の蕎麦《そば》屋［枡田屋《ますだ》］に、あっし宛の伝言をおいといてくだせえ。それじゃ、帰らせてもらいやす」

おもいがけない、あっさりとした松吉の引き際だった。仁七は、戸襖を開けて出ていく松吉を目線で追った。


立ち去る松吉を仁七は玄関の前で見据えていた。その姿が、町家の蔭に消え去るのを見とどけて、吐きすてた。

「なにがいまさらおっ母さんだ。何が我が子でえ。ふざけやがって」

腰高障子を開けて、奥へ向かって怒鳴った。

「お苑。験《げん》直しだ。塩まいてくれ」

三

松吉が帰ってほどなくして、十四郎《じゅうしろう》が訪ねて来た。裏口から入ってきて、

「勝手知ったる他人の家、断りもなく入らせてもらった。仁七、いるか」

声をかけ、板場へ入ってきた。

「神尾《かみお》さん」

肴をつくる包丁の手を止めて、顔を上げた。その眼が、何かあったのか、と問いかけていた。

「石川島人足寄場で島破りがあった」

「島破り。いつのことで」

「暴風雨の日の夜中だ」

仁七が、遠くを見るように視線を宙に泳がせた。

「それで長谷川さまと結城さまが……会われたのは暴風雨の翌日でしたが」

「今夜六つ半。新鳥越町二丁目の御頭の住まいで、探索の段取りを打ち合わせたいとのことだ。来てくれ」

ひょいと、皿に数個盛られた握り鮨《ずし》に手をのばした。

「貝の握り鮨か。箱鮓《はこずし》より、握り鮨のほうがうまい。いずれ鮨は、握り鮨が本流になるとおもうぞ。握り鮨はまぐろで決まりだとおもっていたが、貝とはめずらしい。馳走《ちそう》になる」

口にほうり込んだ。

「う。これは」

仁七がにやりとして、いった。

「茗荷《みょうが》の甘酢漬けでさ。酢飯《すめし》との相性、なかなかのものでしょう」

「はじめての味だ。いけるぞ。仁七が考えたのか」

「お客さまに美味《うま》いものを食べさせてやろうと、ない知恵をしぼってますのさ。神尾さんがおいしいというのなら、お客さまに出してもよさそうですね」

「きっと喜ばれるぞ。名物料理になるかもしれん」

「あとはお苑にでも食べさせて、腹下しでも起こさねえか試してみやす」

「この茗荷の鮨を食ったのはおれが最初なのか」

「あっしが何個も食べてまさ。一度も腹はくだっておりやせん」

「そいつは、まあ、安心だな」

「会合のこと、あっしが無言《しじま》のお頭のところへ知らせに行きやしょう」

水瓶に柄杓《ひしゃく》を突っ込んで水を汲み、俎板《まないた》を洗おうとした。

「吉蔵《きちぞう》のところには雪絵さんがいってくれた。御頭が仁七も店のことで何かといそがしかろう、と仰ってな」

「そうですかい。いつもながらの結城さまの心配り……ありがてえ話で」

「もうひとつ馳走になる。茗荷の握り鮨、気に入った」

十四郎は握り鮨を手にとり、頰張った。

雪絵は鐘《かね》ヶ淵《ふち》近くの、関屋《せきや》の里にある無言の吉蔵の隠宅へ向かっていた。足を止めて、ぐるりの風景をながめる。このあたりは風光明媚な場所として、江戸っ子たちから親しまれていた。雪絵は、田畑がひろがり、あちこちに林が点在する、のどかな景色にしばし目を奪われて、立ちつくした。

隅田川がたおやかな陽射しを受けて、柔らかく川面をきらめかせながら、ゆったりと流れている。岸辺の甍《いらか》は名刹《めいさつ》・木母寺《もくぼじ》のものとおもえた。

すべてが平穏のなかにあった。

牛田《うしだ》の辺《あたり》といわれる一帯、一面の田畑のなかに、ぽつりと一軒の百姓屋が建っている。

「盗みはすれど非道はせず」

の正統派盗っ人の道を貫いた大親分・無言の吉蔵が隠退して、空き家だった百姓屋を借りうけて住みついてから、十年近くの歳月が過ぎ去っていた。

吉蔵はこの家の近くに、わずかばかりの土地を借りうけ、葱《ねぎ》などの野菜をつくったり、魚釣りをしたりして、日々を過ごしている。蔵人も、

「用があるときは呼び出しをかける。日頃はのんびりとすごしていてくれ」

といい、余生を楽しむ吉蔵を気づかっていた。そんな蔵人のこころづかいが吉蔵には、

「棺桶《かんおけ》に片足を突っ込んでいる老爺《ろうや》には、身に余ること」

と感じられるのである。そのおもいは、

「残り少ない命、結城の旦那の役に立ちたい」

との心意気につながる。吉蔵は用もないのに蔵人の住まいを訪れ、大根などの手作りの野菜を届けたりする。蔵人を見やる吉蔵の眼が、

「まるで世話焼きの爺《じい》やのような優しさに溢れている」

と、雪絵がいったほどの入れ込みようなのだ。

「何か、動くことはありませぬか」

と吉蔵が聞くのだが、蔵人はきまって、

「用があるときはつなぎの者を走らせる。それまで待機していてくれ」

と応じるのみだった。帰りしなに見送りに出た雪絵に、吉蔵は、

「結城さんはあたしのことを役に立たない奴、とおもっていらっしゃるんじゃないのかね」

と愚痴《ぐち》をこぼした。

「こころから吉蔵さんの躰を大事におもっていらっしゃるんですよ」

と応えると、

「それなら、いいんだけどね。またくるよ。声がかかるのを待ってるだけだと、焦《じ》れて、かえって気持が乱れるからね」

そういって、こころなしか、しょんぼりと肩を落として帰っていくのだった。

（吉蔵さん、今夜の会合のことを聞いたら、きっと喜ぶに違いない）

雪絵は吉蔵の住まいへ歩をすすめた。

雪絵の話を聞いた吉蔵は破顔一笑していった。

「やれやれ、やっとお呼びがかかったかい。お茶を挽《ひ》きっぱなしで勝負勘が鈍ってないか、それだけが心配さね」

といった。

吉蔵の食事の支度や洗濯などの世話をしている、近くの百姓の女房が、腰高障子を開けて土間に入ってきた。野菜などの食材を入れた笊《ざる》を背負っている。夕餉《ゆうげ》の支度に来たのだった。

板の間からつづく座敷で、雪絵と向かいあっていた吉蔵が、立ち上がって上がり框《かまち》へいった。

「急な用事ができてね。しばらく家を空けることになる。留守の間、よろしく頼むよ」

女房がお礼をいっている。なにがしかの小銭を、手間賃として渡したに違いない、と雪絵は判じた。

下帯などの着替えの衣服を、風呂敷に包みこんだ吉蔵は、雪絵とともに家を出た。新鳥越町二丁目に向かって歩をすすめながら、いった。

「しばらく大林さんの診療所に泊まりたいんだが、いいかね」

「神尾さんが、おれのところで寝泊まりしろ、と仰るかもしれませんよ」

雪絵のことばに吉蔵が応じた。

「そうだね。それも、いいかもしれないね」

振り向いて、つづけた。

「独り暮らしの老爺には、みなと顔合わせができるという、ただそれだけのことでも楽しいのさ。このところ、自分がこれほどまでに寂しがり屋だったのかと気づいて、驚くことがあるんだ」

「吉蔵さん」

「結城さんには、心底ありがたいとおもっているんだ。いい夢を見せてもらっているからね」

　吉蔵は、微笑んだ。雪絵も、笑みを返した。

「隅田村の渡し場から渡し船で橋場へ渡ろう。そのほうが早い」

　雪絵は無言でうなずいた。

　暮六つ半（午後七時）には、蔵人はじめ大林多聞、柴田源之進、木村《きむら》又次郎《またじろう》、真野《まの》晋作《しんさく》、安積《あづみ》新九郎《しんくろう》、神尾十四郎ら裏火盗の面々と吉蔵、仁七の密偵たちが座敷で円座を組んでいた。

「呼び出しをかけたのは、長谷川様より緊急の探索の申し入れがあったからだ」

　その場に緊迫が走った。多聞たちは蔵人のことばを待った。

「石川島人足寄場から、三人の人足が暴風雨の夜に島破りをした。そのことはすでにつたえてあるはずだ」

一同が目線で首肯《しゅこう》した。

「十軒町の岸辺で、三人のうちふたりの骸が発見された。顔が判別できぬほど石でめった打ちされてな」

「仲間割れですか」

木村が問うた。

「長谷川様が仰るには、とてもひとりではできぬ殺し方だったそうだ。どうやら生き残った者の仲間が、島破りした三人を待ち受けていたらしい」

「待ち受けていた？」

「寄場人足が外にいる仲間とつなぎをとったということですか」

十四郎と新九郎がほとんど同時に声を発した。

「成り行きからみて、そう判じざるを得ない。生き残った寄場人足の名は豆州無宿の松吉。二ヶ月前に無宿人狩りにひっかかり、石川島人足寄場へ送られた者だ」

（豆州無宿の松吉……松吉だと）

仁七の脳裡に、浮島屋の手代で松吉と名乗って訪ねてきた男の顔が浮かんだ。

（まさか）

と、おもった。が、

（松吉なんて、どこにでもある名だ。それに、島破りした奴が昼日中、堂々と出歩いているわけがない）

とおもいなおした。

柴田が懐《ふところ》から数枚の書付をとりだして、いった。

「火盗改メに保管されている松吉の調べ書きを書き写してきた。読み上げる。豆州無宿・松吉。蕎麦屋にて食い逃げをし、捕らえられる。中肉中背。細面の優しげな顔つき。右耳の下に大豆大の、火傷跡あり」

仁七の脳裡に松吉の顔が浮かんだ。右耳の下に、たしかに火傷の跡があった。

（あいつだ）

胸中呻いた仁七はおもわず拳《こぶし》を握りしめていた。その動きを吉蔵は見落としてはいなかった。が、かすかに眼を細めただけで、ことばに出すことはなかった。

「ここに置く。廻し読みして頭に叩き込んでくれ」

柴田源之進が調べ書きの写しを多聞の前に置いた。多聞が読み、木村又次郎、真野晋作、新九郎、十四郎へと書付がまわった。吉蔵が読み、仁七に手渡した。

仁七は、食い入るように調べ書きの写しを見つめた。そんな仁七のわずかな変容も見のがすまいと吉蔵が横目でうかがう。さりげない動きだったが蔵人は、吉蔵の様子に気づいていた。ことばをかけようとして、やめた。仁七の調べ書きを読む目つきに尋常でないものを感じたからだった。こころなしか、多聞たちより調べ書きを手にした時間が長いようにもおもえた。

仁七が写しを置いて、いった。

「頭に、しっかりと、叩き込みやした」

「探索のこと、たのむ」

だれにかけたかわからぬ、蔵人のことばだった。が、言外に込められた響きで仁七は、自分に向けられたことばだと察していた。顔を上げて、蔵人を見た。蔵人が、まっすぐに見つめていた。いつもと変わらぬ、包みこむような、優しげな視線とみえた。が、仁七は奥に潜む厳しいものを感じとっていた。慌てて、視線をそむけた。

四

駿河《するが》台下《だいした》は旗本屋敷の建ちならぶ一帯である。どこで突くのか、深更九つ（午前零時）を告げる時の鐘が風に乗って聞こえてくる。

町はすっかり寝静まっているかにおもえた。が、旗本五百石・松本茂右衛門《まつもともえもん》の屋敷はその埒外《らちがい》にあった。

雨戸一枚がはずされ、庭に転がっていた。穿《うが》たれた隙間から強盗頭巾《がんどうずきん》をかぶった浪人数人と、盗っ人被りの尻端折《しりはしょ》りした男たち十人ほどが、屋敷内に忍び入っていく。いずれも闇に溶け込む、濃い鼠色の着物を身に着けていた。

家人や郎党たちは、ぐっすりと寝入っているのか、物音ひとつ聞こえなかった。盗っ人たちはかなり年季が入った者らしく、足音ひとつたてない。

不思議なのは、その動きに躊躇《ためらい》のなかったことである。あらかじめ屋敷の絵図面を手に入れ、頭に叩き込んでいるものとおもわれた。

浪人は郎党たちが寝ている座敷に入り込むや、抜きはなった刀を、夜具から出ている首筋に突き立てた。虚空《こくう》をつかみ、断末魔の呻きを洩らした若党の隣りに寝ていた者が、気配に目覚めて起きあがろうとした。その肩口に大刀を叩き込む。呻いて、そのまま倒れ込んだ。

別の浪人も似たような動きをしていた。夫婦者の用人《ようにん》の座敷に入り込み、ふたりを相次いで刺し殺した。

すべてが一糸の乱れもなく、粛々とすすめられた。

半刻（一時間）後、銭を入れた布袋を背にした数人を囲むようにして、盗っ人たちは屋敷から引きあげていった。取り外した雨戸は、元通りはめ込まれていた。外から見るかぎり松本茂右衛門の屋敷には、何の異変もないようにおもえた。

夜はしらじらと明けていき、やがて、朝となった。

屋敷の様子がおかしい、と気づいたのは、右隣りに住まう小普請組・旗本六百五十石・朝倉盛太郎《あさくらせいたろう》の中間《ちゆうげん》・百助《ももすけ》であった。

いつもなら門扉を開けはなち、屋敷前の掃除をしている、松本茂右衛門の中間・増造《ますぞう》がなかなか外へ出てこない。松本茂右衛門は評判の吝嗇家《りんしよく》で、小銭をしこたま貯め込んでいる、との噂のある男であった。何事にも細かい性格で、百助は、

「大掃除のときなど、障子の桟をのぞき込んで指でさする。塵《ちり》でも残っていようものなら大事でな。ねちねちと小半刻近くも小言をいわれる。細かすぎる主というのは、二六時中気が抜けず、困ったものだよ」

と増造から何度も愚痴を聞かされていた。

その増造が昼四つ（午前十時）になっても姿を現さない。

（おかしい）

とおもった百助は、主人の朝倉盛太郎に、

「松本様の屋敷からだれひとり姿を現しません。何かあったのでは」

と告げた。

朝倉盛太郎と松本茂右衛門はともに三十代半ば、いわば幼馴染《おさななじ》みの、遠慮のない仲であった。さっそく境の塀に梯子《はしご》をかけさせ、百助に邸内の様子を窺《うかが》わせた。

「雨戸が閉まったままになっております」

梯子の上からいった百助に、

「庭に飛び降りろ。裏門の閂《かんぬき》をはずせ。わしがなかをあらためる」

そう命じた朝倉盛太郎は急ぎ裏門へ走った。走りながら、頭のなかで、

(まず間違いない。盗っ人に押し込まれ、家人郎党、皆殺しにあったのだ)

そう推断していた。根拠のないことではなかった。現実に、ここ一ヶ月の間に、ふたりの旗本が盗っ人に押し込まれ、一族郎党皆殺しの憂き目にあっていた。

「旗本屋敷に押し込み、盗み、殺戮《さつりく》を働くとは許し難い。御上《おかみ》の権威も怖れぬ不遜な仕業」

と断じたにもかかわらず、幕閣の要人たちは表立って動こうとはしなかった。

殺されたふたりの旗本は七百石、五百七十石を拝領する三河以来の、旗本のな

かでも名家の者たちであった。

事を大目付の手で処理するとなると、

「つねに戦場にある心がけを忘れぬが武士の嗜《たしな》み。まさしく、油断が生みだした士道不覚悟の結果」

と決めつけざるを得ない不始末であった。評定所での決着となると、改易、御家断絶の厳しい処置をとらざるを得ない。また事を公《おおやけ》にすると、町人たちの間に、

「お旗本の屋敷が、相次いで盗っ人に襲われているそうだ。御上の警護役ともいうべき旗本衆が、みすみす寝首をかかれるようでは世も末。この先、どうなるかわからぬ」

との流言蜚語《ひご》を生みだし、混乱を招きかねない恐れもあった。

つまるところ、老中筆頭・松平定信をはじめ幕閣の要人たちが、悩みに悩んで出した結論は、

「事件の探索を火付盗賊改方に任せ、事を隠密裡に処置し、押し込まれた旗本の家系を、親族を養子に迎えて存続させる」

というものであった。

松本茂右衛門の屋敷に盗っ人が押し入り、家人郎党を皆殺しにした、との報告

が朝倉盛太郎よりなされた。大目付は、このことを松平定信にひそかに上申した。

事件が、朝倉盛太郎によって見いだされた日の夕方、火付盗賊改方長官・長谷川平蔵の姿が松本茂右衛門の屋敷内にあった。その傍らで、片膝をついた結城蔵人が、松本茂右衛門の骸を見分していた。背後から袈裟懸けに斬られている。刀架の前に倒れていたところをみると、刀をとろうとして斬られたのだろう。五歳になる嫡子《ちゃくし》は胸を一突きされた傷が致命傷だった。妻女は、凌辱されたのか三十前の熟れた裸身を惜しげもなく曝《さら》して、女陰に、松本茂右衛門のものとみえる脇差を突き立てられ、息絶えていた。

「この死にざまは誰にも見せられぬな。直参旗本の妻女が盗っ人に犯され、殺されたとなるとただではすまぬ。朝倉殿には事件のこと、口外無用に願いたいと念押しせねばなるまい」

平蔵がぼそりとつぶやいた。

「押し込んだ盗っ人のなかに浪人か、侍くずれの者がまじっておりますな。切り口からみてかなりの剣の使い手。それもひとりではない。数人ほどいたのではないかと」

蔵人が告げた。

「いずれにしても、探索が旗本に及びかねぬ事件。御老中・松平定信様よりひそかに火盗改メにて探索せよ、との命が下ったとはいえ、支配違いのこともあり火盗改メとしては表立っては動けぬ。結局のところ、探索は裏火盗が行うしかあるまい」

「支配違いにかかわりなく探索を行うのが、裏火盗の役目。存分に務めさせていただきまする」

「蔵人、人手が足りぬであろう。町方の聞込みなどには相田はじめ同心たちを動かしていいぞ」

「いずれ力を借りることになるかと。その折りは長谷川様に申し入れます」

「此度の、畜生盗みを為す輩《やから》はすでに大店二軒、旗本屋敷三軒と押込みをつづけている。よほど場数を踏んでいるのか手がかりのひとつも残しておらぬ。あまりに残忍な手口、探索に時間はかけられぬぞ」

「承知しております」

蔵人は再び松本茂右衛門の骸に眼をもどした。肩から背中へかけて、肋骨ごと切り裂かれていた。斬られた肩から腕がだらりと垂れ下がって、ずり落ちている。よほど腕力がないかぎりできぬ太刀捌《さば》きであった。しかも、心の臓を断ち切ったところで刀を止め、引き抜いている。松本茂右衛門は即死に近かったのではないか、と蔵人はおもった。

（人斬りになれた者の仕業）

心中呻いた蔵人は、無意識のうちにおのれの業前と引き比べていた。いずれ刃を合わせねばならぬ相手であった。

（勝負は時の運。どう転ぶか、いまは、わからぬ）

蔵人は覚悟を決めた。


住まいにもどった蔵人を、吉蔵が待ち受けていた。律儀に土間からつづく板の間に坐っていた吉蔵は、出入口の腰高障子を開けて入ってきた蔵人を見るなり、姿勢を正して頭を下げた。

「以心伝心だな。いま、雪絵さんに呼びにいってもらおうとおもっていたところだ」

吉蔵は浅草田圃《たんぼ》沿いの十四郎の住まいに泊まり込んでいた。

「お話ししたいことがありまして待たせていただきやした」

上がり框から板の間に上って、蔵人がいった。

「座敷で話を聞こう」

吉蔵は無言で、首肯した。


向かいあって坐るなり、蔵人はいった。

「話とは、仁七のことか」

「気づいておられましたか」

「島破りをした松吉の調べ書きを読む様子が、いつもとは違っているように感じた。それだけのことだ」

「ただの山勘だ、といわれてしまえばそれまでの話ですが、仁七は松吉のことを知っているんじゃねえかと」

「……知っていて口にだせない理由があるというのか」

「おそらく」

「自信があるというのだな」

「年の功という奴で」

「どうしたいのだ」

「仁七を張ろうかと。そいつが松吉探しの一番の近道かとおもいますんで」

蔵人は黙り込んだ。仁七は信頼してきた裏火盗の大切な一員だった。確たる証《あかし》のない、疑惑の念だけで見張っていいのか、との迷いが生じた。蔵人のこころを見透かしたように吉蔵がつづけた。

「あっしは仁七を助けたいんで」

「助ける？」

「誰でも、くよくよと思い悩んでいるときは、判断が狂うもので」

「仁七の悩みの種を突きとめることで、救う手立てがみつかるかもしれぬ。そういうことだな」

「動きは一日でも早いほうがよかろうかと。深間《ふかま》に入り込む前に、手を打ちてえと考えておりやす」

「……仁七を悩みから解き放つ、か。早いほうがよかろうな」

吉蔵が身を乗りだした。

「ひとつお願いがありやす」

「何だ」

「雪絵さんを探索の助っ人として使わしていただきたいんで。必ず役に立つ。そう見込んでおりやす」

「わかった。雪絵さんも喜んで手助けするはずだ」

「では、さっそく明日から動きやす」

「こんどはおれの話だ」

「あっしで役に立つことなら何なりと」

「商家だけでなく、旗本屋敷にまで畜生盗みを仕掛ける盗っ人がいてな。すでに三家が家人郎党皆殺しにあい、金銭を奪われている。このような不敵な畜生盗みを仕掛ける大盗っ人に、こころあたりはないか」

「畜生盗みをやりつづけている盗っ人ねえ」

吉蔵は首を傾げた。しばしの間、思案していた。顔を上げて、いった。

「浮島の五郎蔵《ごろぞう》という、畜生盗みだけをやりつづけている、筋金入りの盗っ人がおりやす。もう六十近いはず。隠退前の荒稼ぎ。忍び込む旗本屋敷の絵図面でも手に入ったら、すぐにも押し込む野郎で」

「他には」

「一石の嘉平《かへい》。忍び雨の満吉《まんきち》。度胸と技量が揃っている、畜生盗みから抜け切れねえ盗っ人はまずはこのあたりで」

「わかった。明日にでも柴田を火付盗賊改方の役宅へ出向かせ、三人の調べ書きがあるかどうかあたらせよう」

「申し訳ありやせんが、あっしは仁七のほうを」

「頼む。雪絵さんにはおれのほうからいっておく」

「お頼み申しやす」

吉蔵は深々と頭を垂れた。


仁七の様子はあきらかにいつもと違っていた。むっつりと黙り込み、お苑ともろくに口をきかない。

「どこか、悪いのかい」

たまりかねてきくと、

「なんでもねえ」

と不機嫌な声が返ってくる。お苑は口を噤《つぐ》むしかなかった。

仁七は悩んでいた。訪ねてきた松吉が、島破りをして逃亡した松吉と同一人なのは人相からみて、はっきりしていた。

「右耳の下に大豆大の火傷の跡がある奴なんて、そうざらにいるわけがねえ」

ことばに出してつぶやいていた。気がかりなのは松吉が名乗った店の名だった。

（たしかに浮島屋、といった）

浮島を通り名につかっている盗っ人がひとりいた。浮島の五郎蔵という二つ名の、畜生盗みだけをしでかしている血も涙もない、極悪非道の大悪党であった。浮島屋が浮島の五郎蔵をさすことばだとしたら、松吉は浮島の五郎蔵の身内だということになる。

松吉は、たしかにいった。

「お滝さんは、いま仁七さんのお父っさんと一緒にいられるんで。できれば父子の名乗りなどさせてえと仰っているんですが」

物言いからいって、お滝は姐《あね》さん格の扱いをうけているとおもえた。姐さんというとお頭の女房に似た位置づけということになる。そこまで思考を推しすすめた仁七は、予想だにしなかった答に突き当たった。

（おっ母あが浮島の五郎蔵一味で姐さん扱いをされている。父子の名乗り……浮島の五郎蔵が、おれのお父っさんだというのか）

仁七は愕然とした。浮島の五郎蔵はもっとも軽蔑し、忌み嫌ってきた、唾棄《だき》すべき凶盗であった。

「そんなはずがねえ。おれが、あんな野郎の餓鬼《がき》のはずがねえ。そんなこと、あるはずがねえ。あっちゃならねえことなんだ」

おもわず呻いていた。強く打ち消せないものが、躰の奥底から噴き上がってくる。不意に、お滝の顔が浮かんだ。

「おっ母あ、おれのお父っさんは、お父っさんは誰なんだ。教えてくれ。誰なんだよ」

瞼《まぶた》のはしから水滴がこぼれ落ちた。それが涙の一粒だと気づいたとき、仁七のこころを、真っ暗な虚無が覆い尽くした。

「おれは、まっすぐに生きていけるつもりでいた。それが、あんな、浮島の五蔵みてえな悪党の血が躰に流れているなんて。そんなこと、あるはずがねえ。けど、けどよ。そうだとしたら、おれは、どうすりゃいいんだ。何を信じろっていうんだ。おれは、おれだ。おっ母あも、ましてや、顔も見たこともねえお父っさんなんて、おれには、かかわりはねえ。かかわりはねえんだ」

仁七は両手を握りあわせた。頭のなかが白く濁っていくように感じられた。躰が強張《こわば》っていく。すでに思考は止まっていた。足下《あしもと》がくずれて、奈落の底へ落ちていく。仁七は頭を垂れ、奥歯を嚙みしめて、懸命に耐えつづけた。

五

さすがに九代将軍の子の屋敷であった。数千坪はあるだろうか手入れの行き届いた庭園がひろがり、豪壮な屋敷が威風を誇っていた。

その庭の一画、池のほとりに松平余一郎の母、お藤の方が立っていた。

御目見得以下の御末《おすえ》という卑しい身分にあったお藤は、夜、水を汲みに出た井戸端で、酔ってさまよい出た将軍・家重に手籠めにされ、たった一度の交わりで懐妊した。家重は、その後数えるほどしかお藤の方に夜伽《よとぎ》を命じなかった。が、手がつき、子をなしたら、たとえ町家の出の御末といえども、扱いはお部屋さまへと急変する。お藤の方は余一郎を成育しながら大奥に住みつづけた。

その後、家重の逝去により、拝領屋敷に移ることになった。体《てい》のよいお払い箱と陰口を叩く向きもあったが、母子だけの気儘《きまま》な暮らしは、お藤の方にとって、それなりに楽しいものであった。日がたつにつれて、我が子に君臨する母の立場が強くなっていき、その訓育は次第に厳しさを増していった。

「余一郎、おまえは将軍の子。末は大名にもなる身。母の出自が卑しくとも、そのことを気に病むことはありませぬ。剣を磨き、学問を修め、一藩を治める将にふさわしい人物にならねばなりませぬ。おまえは、必ず大名になれます。いいえ、この私が大名にしてみせまする」

お藤の方は朝な夕なに、そういいつづけた。それは、呪詛《じゅそ》の呪文にも似ていた。お藤の方は、余一郎の立身出世におのがすべてを託していた。

その余一郎がどこの馬の骨かわからぬ、結城蔵人と名乗る浪人に、木刀で叩き伏せられ、気を失ったまま屋敷へ運び込まれた。それを見たお藤の方は、柳眉《りゅうび》を逆立て、躰を瘧《おこり》のように震わせて、吠えた。

「おのれ、将軍の子たる余一郎に何たる振る舞い。結城蔵人とか申すその浪人、断じて許すわけにはいかぬ。おのれが為した所業がどれほどのものか、おもいしらせてくれる」

怒り心頭に発したお藤の方は、側役の御堂玄蕃を呼びつけた。

「結城蔵人、生かしておくわけにはいかぬ。刺客《しかく》を差し向けよ」

「刺客を、でございますか」

「そうじゃ、どこぞの剣客を雇い、憎き結城めを仕留めさせるのじゃ」

「それは、ちと難題でございまするな」

「難題？　どういうことじゃ」

「結城蔵人はなかなかの使い手。そこらの町道場主では、太刀打ちができぬのではないか、と」

「心当たりがないと申すか」

「探すには時が必要かと。それと」

「それと、何じゃ」

「これ以上事を大きくしますと、幕閣の要人たちが、何かと騒ぎたてるかもしれませぬ。それでなくとも、このところの余一郎君の動き、ちと乱暴が過ぎはせぬかと」

「幕閣の要人など気にすることはない。しょせん将軍家の家臣ではないか。余一郎は九代将軍の子ぞ。主筋の子が、家来にたいし気づかいするなど無用のこと。そうはおもわぬか」

「しかし」

「ええい、頼まぬ。わらわが刺客を探しまする。御堂、そちは結城蔵人の住まいするところを突きとめるのじゃ。よいな」

「は」

短く応え、御堂玄蕃は深々と頭を下げた。

庭に立つお藤の方の傍らに控えながら、御堂玄蕃は、刺客探しを命じられた日のことをおもいおこしていた。今日はにわかな呼び出しであった。

(おそらく『刺客がみつかった。結城蔵人との決闘の段取りをせい』とのお話であろう)

御堂玄蕃はそう推測していた。

お藤の方は、厳しい声音《こわね》で告げた。

「御堂、刺客を手配した。不埒な結城めの住まいはみつかったか」

「そのこと、すでに突きとめてあります。浅草は新鳥越町二丁目に住まいおります」

御堂玄蕃は、奥田道場の高弟のひとりに小判一枚を握らせ、まず結城蔵人を連れてきた大林多聞の診療所の所在を聞き出した。さらに、蔵人の顔を知る奥田道場へ同行した家来に、診療所を張り込ませた。

その結果、診療所の隣家が蔵人の住まいだとわかった。診療所も蔵人の住まいも貞岸寺の持ち家であった。貞岸寺の修行僧に聞込みをかけ、どこぞの町道場で師範代をつとめて、生計をたてていることなどを調べあげた。

師範代をつとめる町道場が、奥田道場でないことだけはたしかだった。

「初めて見た顔でござった」

と、大林多聞のことを聞き出した高弟はいったものだった。

お藤の方のことばが御堂玄蕃のおもいを断ちきった。

「どう段取りするつもりじゃ」

「あくまで剣客の勝負とみせかける所存。そうすれば、余一郎君の名が出ることはありますまい」

「わらわは憎き結城蔵人に、余一郎に不埒を働いたゆえ命を狙われているのだ、と知らしめ、おのれの為したことを悔いさせたいのじゃ。そのことのために手配した刺客じゃぞ」

「私が結城を訪ね、仕合う日時を決めまする。結城は私の顔を見知っております。誰の差し金によるものか、はっきりとつたわるはず」

お藤の方は黙り込んだ。

しばしの間があった。

「それならば、よい。あくまでも、不遜にも九代将軍の子を木刀で打ち据えた罪を、死をもって償わせるとのわらわの意志がつたわればよいのじゃ」

「万事手抜かりなく仕組みまする」

御堂玄蕃は頭を垂れた。


吉蔵が、仁七の張込みを始める、と蔵人に告げた翌日の明け六つ半（午前七時）、御堂玄蕃は貞岸寺の門前にいた。ひとりの剣客をともなっている。牛込《うしごめ》にある念流の浅井道場で師範代をつとめる、香坂甚助《こうさかじんすけ》であった。総髪に結い上げた、まもなく四十にさしかかろうという、六尺豊かな、筋骨逞しい浪人だった。

「勝てば仕官できる、との約定《やくじょう》でござった。違約はござらぬな」

貞岸寺へ向かう道すがら、香坂は何度も御堂玄蕃に念を押した。

御堂玄蕃は、仕官を約束したことなど知らされていなかった。

「お方様がそう仰ったのなら、そうでござろう」

と応えただけであった。お藤の方らしいやり口だった。御堂玄蕃自身も浪々の身を、お藤の方のひとことで、松平余一郎の側役にとりたててもらっていた。下谷《したや》広小路で、お忍びで遊びに出た余一郎が、浪人数人と酔った上での口論となった。あげくの果ての刃物三昧《ざんまい》。多勢に無勢で、危うく命を落とすところを、

偶然来合わせた御堂玄蕃が助けた。右腕に浅傷《あさで》を負った余一郎を、屋敷へ送りとどけたのが縁で、お藤の方に、

「このまま余一郎の側役として仕えてくれぬか。そちのような、頼りがいのある家臣を探していたのじゃ」

と強く望まれた。

その日暮らしの浪人の身に、いささか嫌気のさしていた御堂玄蕃は、二つ返事で仕官することにしたのだった。

(仕官という餌《えさ》で浪人を釣り上げる。浪人にしてみれば、またとない機会、と命を賭ける気になるのも無理はない)

浪人の暮らし向きの苦しさは、嫌《いや》というほど味わってきた御堂玄蕃であった。それだけに香坂甚助の気持もわからぬではなかった。

香坂の身のこなし。決闘に挑むこころづもりなどからみて、勝負は結城蔵人の勝ち、と御堂玄蕃はみていた。

御堂玄蕃は何度も、真剣の勝負を経験してきた。その体験が、

(命のやりとりをするのだ。はなから勝つことしか考えない、そんな甘い覚悟で勝てるはずがない。おそらく結城蔵人は死ぬかもしれぬと覚悟をきめて、勝負に

挑むはず。こころに甘さがある者が負けるは必定《ひつじょう》）

との結論を導き出していた。

香坂甚助を貞岸寺門前に待たせて、御堂玄蕃は蔵人の住まいへ向かった。

蔵人は住まいの濡れ縁に坐り、眼を閉じていた。御堂玄蕃には、殺意はなかった。蔵人に歩み寄りながら、御堂玄蕃はおのれが蔵人に好意を抱いていることに気づき始めていた。戸惑いを感じた。が、その好意のもとが、

「遠慮はせぬ」

といった蔵人の眼に宿った、

「いかな強大な敵といえども、理不尽は許さぬ」

との強い意志の光にあるのだ、とさとったとき、戸惑うこころは失せていた。

同時に、

（できればこのように敵対する立場ではあいたくなかった相手）

とのおもいが湧き出てくる。

あと十数歩で蔵人、という間合いに達したとき、蔵人が静かに眼を見開いた。

御堂玄蕃は足を止めた。

「何か御用か」

蔵人が問いかけた。

「松平余一郎君の側役・御堂玄蕃。真剣の勝負、所望いたす」

「お相手は」

御堂玄蕃の面に感嘆のおもいが浮いた。

「なぜ拙者が相手ではないと」

「殺意が感じられなかった。それだけのこと」

御堂玄蕃は、蔵人の脇に置かれた大刀に眼をやった。蔵人には手を触れる気配もなかった。蔵人がつづけた。

「相手は問わぬ。いつでもお相手いたす。ただし、間近に病人、怪我人が治療に通ってくる町医者が住まっておる。貞岸寺前の奥州道を千住《せんじゅ》大橋へ向かうと、左手に小塚原《こつかっぱら》の仕置場がござる。その近くの田地はあまり人も近づかぬところ、人目をはばからず勝負できる場所かと」

「仕合う理由は訊かれぬのか」

「松平余一郎君を痛めつけた者へたいする血の報復、とわきまえておる」

「結城殿。拙者、あくまでも勝負の見届け役でござる。勝負に手をだすことは決してない、と約定いたす」

蔵人は微かに笑みを浮かべた。

「支度がありまする。半刻後に小塚原の仕置場にて。相手方にそうつたえてくだされ」

「委細承知」

御堂玄蕃は蔵人を見つめたまま、わずかに顎を引いた。

小塚原の仕置場そばの田地に、御堂玄蕃と香坂甚助はいた。

「奴は来るかな。臆病風に吹かれて、逃げたのではないのか」

「必ず来る。約定を違《たが》える男ではない」

「御堂殿、おぬしは拙者の味方であろうな」

「味方でも敵でもない。勝負の見届け役。それが拙者の役向きだ」

「不利になったときはどうする。手助けはしてくれぬのか」

「仕合うのはおぬしだ。拙者ではない」

「……つきあいにくいお人だ。もとより当てにはしておらぬ」

御堂玄蕃は応えず奥州道へ眼を向けている。

「来た。約定どおりだ」

「来たか」

香坂甚助が刀の鯉口《こいぐち》を切った。黒の着流し姿の結城蔵人は、そこらへ散歩へ出かけたかのような、ゆったりとした足取りで歩み寄ってくる。

対峙したとき、蔵人は胴田貫《どうだぬき》を抜きはなち、正眼に据えた。その姿勢のまま、微動だにしない。香坂甚助はまず上段にふりかぶった。しばらく睨み合ったのち、正眼に構え直し、さらに右八双へとかたちを変えた。

香坂甚助が左八双へと刀を置いたとき、蔵人がことばをかけた。

「この勝負、これまでといたさぬか」

「臆したか、卑怯者」

「臆す？」

蔵人が唇を歪《ゆが》めた皮肉な笑みを浮かべた。香坂甚助の顔が憤怒に赤く染まった。

「おのれ、許さぬ」

吠えるや、斬ってかかった。蔵人は、わずかに右へ飛んだ。交錯したとき、蔵人の胴田貫は香坂甚助の胴を、左から右へと切り裂いていた。香坂の腹から血が溢れて、腸《はらわた》がこぼれ出た。眼を剝《む》いた香坂は数歩よろけて、顔面をしたたかに地面に叩きつけた。倒れ伏したまま、動かない。

「勝負、しかと見届け申した」

御堂玄蕃が低く告げた。

蔵人は、胴田貫を、鍔音《つばおと》高く鞘におさめた。

第二章　形《けい》　影《えい》

一

興楽寺《こうらくじ》から道灌山《どうかんやま》へとつらなる高台は、筑波山《つくばさん》や日光連山、荒川、隅田川の流れ、浅草の町並みまで遠望できる、まさしく風光明媚を画に描いたようなところであった。

道灌山は、東照大権現《とうしょうだいごんげん》徳川家康が幕府を開く前に江戸の地をおさめていた、太田道灌の居城跡で、その近くに俗称・花見寺と呼ばれる青運院《せいうんいん》があった。

松平余一郎の拝領屋敷は青運院からほどなくのところに位置していた。

空には雲ひとつない青空がひろがっている。陽光がふりそそぐ庭園の一画で、余一郎と御堂玄蕃は木刀を構えて対峙していた。裂帛《れっぱく》の気合いを発して、余一郎が上段から力任せに打ち込んだ。御堂玄蕃が避けることなく受け止める。微動だにしなかった。そのまま鍔《つばぜ》迫り合いとなる。

驚くべき御堂玄蕃の膂力《りょりょく》であった。余一郎の躰は次第に弓なりになり、ついには耐えきれずに片膝を地についた。御堂玄蕃はさらに木刀に力を込めた。余一郎の肩口に木刀が食い込む。

「痛っ」

「未熟」

低くいい、御堂玄蕃は木刀をひいた。一歩下がって、座り込み、肩で息をしている余一郎を見下ろして告げた。

「そのていどの腕と気力で、結城蔵人を討ち果たすなど、つまらぬ暴言を吐かれぬことですな」

「暴言、と申すか」

「一度立ち合われ、完膚なきまで打ち据えられた相手ですぞ。並大抵の修行では勝てるはずがないと考えるがふつう。それを、すぐにも真剣にて仕合を挑み、打ち果たしてくれるなどと思い上がりもはなはだしい」

「修行すれば勝てるか」

「わかりませぬ。が、修行せねば勝つ見込みはありますまい」

「修行して、勝つ。稽古、所望じゃ」

松平余一郎は立ち上がり、木刀を正眼に構えた。

「その意気でござる。要は勝つまで何度も挑むという、不撓不屈《ふとうふくつ》の闘魂を養うことでございまする」

御堂玄蕃は大上段に振りかぶった。

裂帛の気合いを発して、余一郎が突きをくれた。振り下ろされた木刀が突きだされた木刀を叩き落としていた。痺れたのか余一郎は両の手をだらりと下げて、苦痛に呻いた。

「木刀を拾われよ。稽古はまだ終わっておりませぬ」

御堂玄蕃は下段に構えなおした。と、

「御堂様」

との、声がかかった。振り向くと、若党の村居栄二郎《むらいえいじろう》が立っていた。

「お藤の方さまがお召しでございまする。すぐにもまいられたいとのこと」

「お藤の方が」

御堂玄蕃は、香坂甚助と結城蔵人の勝負の結果をまだ復申していなかった。香坂甚助が敗れたことを知ったら、お藤の方が何を為すか、手に取るようにわかっていたからだ。

（おそらく次なる刺客を手配なさるはず。気位の高さと勝ち気は尋常ではない。とめてもお聞き入れにはなるまい）

松平余一郎を振り返って、いった。

「お聞きのとおりでございます。本日の稽古、これまでといたしまする」

余一郎は木刀を拾った。

「母上の話が終わったら、稽古じゃ。ここで待っている」

御堂玄蕃は無言でうなずいた。

「御堂、何故その方、香坂に助勢しなかったのか。手助けすれば勝てたかもしれぬではないか」

お藤の方は冷ややかに見据えた。やんわりと見返して、御堂玄蕃が告げた。

「剣客の生死をかけた真剣勝負。手出しはかえってたがいの名誉を傷つけるものと判じております」

「あくまで、仕合、と申すか」

「当家が刺客を差し向けたなどと、あらぬ風聞をたてられるようなことは、避けねばなりませぬ。あくまで当家は、結城蔵人へ挑む剣客たちの仲介の労をとるのみ。それ以上の立場ではありませぬ。御家に傷がつきまする」

お藤の方は皮肉な笑みを浮かべた。

「小細工を弄《ろう》することもあるまいに。九代将軍様のお子とその母の為すこと、誰に遠慮もいるまい」

お藤の方は大儀そうに脇息に肘を乗せた。大袈裟に溜息をつく。すべてが、おのれが天下人につながる、権勢者であることをみせつけようとする、計算された所作であった。

御堂玄蕃はお藤の方の居室が好きではなかった。金地に梅花が描かれた襖。床柱や床脇の柳棚には、上質の檜《ひのき》がふんだんに使われ、いたるところに金が装飾にもちいられていた。

（これでは成り上がりを自ら喧伝《けんでん》しているようなものだ）

いつもそうおもう。仕官したことが、はたしておのれにとっていいことだったのか、と自問する回数が、このところ増えてきている。

（もう七年になる……）

松平余一郎は、ことあるごとに、

「玄蕃、どうすればよい」

と相談を持ちかけ、頼りにしてくる。信じ切った顔で話に聞き入るさまにこころを動かされて、ついつい居ついてしまった、というのがほんとうのところであった。

御堂玄蕃は直心影流の免許皆伝の腕前であった。

「玄蕃、稽古をつけてくれ」

と木刀を手に挑んでくる余一郎の熱情にほだされ、剣の指南もつづけた。いまでは、

(年の離れた弟)

とおもえるときがあるほどの深い触れ合いを重ねている。

が、つねにこころをよぎることがあった。なにかにつけてお藤の方が、

「わらわは九代将軍さまの情けを受けた身。余一郎は家重さまのお子。天下人の血を継ぐ者なるぞ」

と言いはなち、余一郎にも、

「おまえさまは徳川家の一族。末は大名にもなる身。いや、いかなる手立てを講じてもこの母が、必ず大名になれるよう幕閣に働きかけます。まずは将たる者に

ふさわしい文武を身につけねばなりませぬ」

と傍目《はため》からみても息が詰まるほどの学問、武術の錬磨を強《し》いることであった。

（あれでは余一郎君がもつまい。すみやかに上々の結果を出すことを求められつづけ、つねに苛立《いらだ》っておられる）

御堂玄蕃が口を開こうとしないことに焦れたのか、お藤の方が、告げた。

「第二の刺客がみつかった。その者の名と所在をしたためてある。すぐにも訪ねて、結城蔵人を仕留める策を練り上げるがよい」

お藤の方は四つ折りにした書付を懐から取りだし、投げ置いた。

御堂玄蕃は書付をひろって開いた。

「委細承知仕りました」

深々と頭を垂れた。


日暮の里から、一刀流の熊沢伴次郎《くまざわばんじろう》の道場のある、伝通院《でんづういん》近くの金杉水道町《かなすぎすいどうちょう》までの道筋を、御堂玄蕃は一刻（二時間）あまりの時間をかけて、ゆっくりと歩いた。

徳川家康の生母・於大《おだい》の方の御霊屋《おたまや》や、豊臣秀頼《とよとみひでより》に嫁し、炎上する大坂城より救い出された千姫《せんひめ》も祀られている伝通院は、徳川家ゆかりの寺院として、隆盛を極めていた。

御堂玄蕃は、無量山寿経寺《むりょうさんじゅきょうじ》伝通院の広大な境内に足を踏み入れた。表門から中門へ通じる参道の左右には、百余を数える昌林院《しょうりんいん》などの塔頭《たっちゅう》や、修行僧たちの学寮が甍《いらか》をつらねている。中門から境内を本堂に向かってすすむ。右手には輪蔵《りんぞう》や鐘楼《しょうろう》、左手には開山堂などが点在していた。参拝し、手を合わせるつもりは毛頭なかった。神を信じぬ、と決めてから久しい。境内をそぞろ歩きながら、

(気がすすまぬ使いゆえ、ただ時を潰しているのだ)

とおのれのこころに言い聞かせていた。

御堂玄蕃は捨て子であった。捨てられていた場所は上総《かずさ》の田舎寺だった。濡れ縁にひとりの赤子が寝かされており、その傍らに、脇差と一分金二枚ほど入った巾着《きんちゃく》が置かれていた、と育ての親である住職から何度も聞かされている。

「目と鼻の先の荒れ野に、旅の武芸者とおもわれる浪人の骸が転がっていた。その浪人の腰には、何者かと真剣で仕合い、武運つたなく敗れたものとおもわれた。その浪人がおまえの父だとおもっている。本来差しているはずの脇差がなかった。わしは、その浪人がおまえの父だとおもっている」

住職もまた、剣の道に志し、諸国を放浪したのち、
「諸行無常を感じて仏門に帰依《きえ》した」
経歴の持ち主であった。それだけに勝負に敗れて、野に骸をさらした浪人に他《ひ》人事《とごと》ではないものを感じたのであろう、その浪人の子とおもわれる捨て子に、父親に似たおもいをもって接し、厳しく学問と直心影流の剣を仕込んでくれた。

御堂玄蕃という名も、その住職がつけたものであった。

「仏像を安置した堂を御堂という。玄蕃は令制がしかれていたころ、仏寺や僧尼の名籍《みょうせき》を掌《つかさど》った役所・玄蕃寮からとった。無念の死をとげた父御が、どのようなおもいで、当寺の本堂の濡れ縁におまえを置いていったか、そのことを忘れぬための名とおもえ」

と由来を話してくれたものだった。

十八になったとき住職は、

「わしが教えることはすべて教えた。あとは諸国を放浪して心技を磨き、世に出る機会を求めるがよい」

と一両たらずの金を、捨てられたときに傍らに置いてあったという、古びた巾着に入れて旅立たせてくれた。

路銀がつきた御堂玄蕃にできることは、習い覚えた直心影流の剣技を、銭に変えることだった。やくざの喧嘩の用心棒、依頼されての人斬り。悪の深間に入り込んでいくおのれを恥じる気持はさらさらなかった。

「喰わねば生きてはいけぬ。生きるためには何でもやる」

とこころに決めていた。

江戸へ流れつき、やくざの用心棒を生業《なりわい》としているときに、松平余一郎とめぐりあった。

お藤の方が、

「みるからに清廉を画に描いたようなお人」

と感じたのは、裏の稼業のくらしをつづけるうちに学んだ、

「おのれの実体は、けっして表に出してはならぬ。他人の信を得られる人物にみせかけることこそ世渡りの知恵」

との所念を貫いた結果のことであった。

「出自定かでない者には、わずかの陽もあたらぬのがこの世よ。太く短くでもよい、いい金蔓《かねづる》に結びついたら、とことんいい目にあうよう動くのが、おれの生き方だ」

そう嘯《うそぶ》いて世間を泳いできた御堂玄蕃だった。が、最近、その所念が崩れてきている。

(結城蔵人と出会ってからだ。奴の、たとえ将軍の血を引く者といえども理不尽は許さぬ、との強い意志を秘めた眼が、純粋に剣の道に励んでいたころの、一途な心根を掘り起こしたのだ)

その結城蔵人へ差し向ける刺客に会い、決闘の段取りをつける、という役目を果たすべく、いま、歩をすすめている。鬱々《うつうつ》たるものがこころで蠢《うごめ》いていた。

お藤の方の実家は口入れ屋であった。大奥出入りの呉服問屋へ頼み込み、その店の主の養女というかたちをとって、大奥へ奉公へ上がったのだった。

(刺客を引き受けさせた、町場の剣客たちを斡旋《あっせん》しているのは、実家の口入れ屋に違いない)

とみていた。その口入れ屋は、いまではお藤の方の弟が継いでいる。

「どうせ果たさねばならぬ使い。これ以上のばしても詮ないこと」

つぶやいた御堂玄蕃は、本堂へ向かう足を止め、踵《きびす》を返した。

熊沢伴次郎の道場は、名ばかりのものであった。二十畳ほどの板の間と、奥に二間ほど座敷があるようだった。玄関にたった御堂玄蕃を、取り次ぎに出た門弟が道場へ案内した。道場では熊沢伴次郎たちが酒盛りをしていた。門弟とおもわれる六人も、熊沢伴次郎同様、酒焼けした一癖ありげな顔つきをしていた。破落戸《ごろつき》同然の浪人たちが群れて、安酒を喰らっている。かつて諸国を流れ歩いていたころに見慣れた光景だった。

床の間を背にして坐っている髭面の男が、熊沢伴次郎らしかった。正面にすわって、いった。

「熊沢先生でござるな。お方様の使いでまいった」

「瘦せ浪人ひとり、命を断てばよいのだな。準備はすべてととのっておる。まずは一献《いっこん》」

と徳利を手にとった。

「不調法《ぶちようほう》でござる。その儀は平にご容赦」

熊沢伴次郎が拍子抜けしたように徳利を置いた。不機嫌さを剝き出して、膨《ふく》れっ面《つら》となっている。場にしらけたものが漂っていた。気づかぬふりを装って、つづけた。

「結城蔵人と仕合う段取りを決めてまいれ、とのお方様のおことばでござった。

細かく打ち合わせなどいたしたい」

熊沢伴次郎が無言でうなずいた。

二

大林多聞の診療所の入口に、

「都合により休みます」

と書かれた紙が貼りだされている。急に決まったことらしく、診察を受けに来た、幼子の手を引いた貧しい身なりの化粧気のない中年女が、未練げに腰高障子を二、三回揺らしてひきあげていった。

その音は奥の座敷に坐る多聞にも聞こえていた。

「帰ってくれたようだな」

「突然やってきて、申し訳ありません」

向かいあって坐る佐和が、傍らの周次郎ともども頭を下げた。

多聞から少し離れて蔵人が坐っていた。佐和たちの来訪を受けた多聞が、

「おそらく敵討ちの話か、と」

と蔵人に声をかけた。かねて蔵人が気にかけ、

「松平余一郎に返り討ちにあったときは、そこで終わること。問題は見事本懐を遂げたときだ。奥田姉弟にお咎《とが》めがあるは必定。どうしたら守ってやれるか。長谷川様にも相談してみたが、よき知恵は、いまは浮かばぬ」

と多聞に告げていたからであった。

多聞は、できることなら姉弟に敵討ちなど諦めてもらいたいとおもっていた。しかし、

「このまま引き下がってしまっては、奥田道場の名誉にかかわりまする。かなわぬまでも一太刀浴びせる。それが剣を生業とする一族に生を受けた者の、定めと存ずる」

と眦《まなじり》を決して訴える周次郎と、

「仇は将軍さまの血筋にある者。討ち果たしたのち、自決する覚悟はできております」

と必死さを漲《みなぎ》らせて、唇を噛みしめる佐和の激情に押され、いまは、

「助勢仕る」

との約定をかわしていた。

「小身旗本の貧しさゆえ、月謝も滞りがちでした。奥田先生は『大林、気に病むことはない。わしはそちの生真面目さと剣の才に期待しておるのだ』と仰ってくださいました。他人の倍以上の努力をしたという自負はあります。が、目録が精一杯のところでした。いまおもうと先生は、私にはさほどの剣の才はないと見抜いておられたのではないかと。それを知りながら、情けをかけてくださったのではないかと。その温情には報いねばなりません。裏火盗の務め、おろそかにするつもりはござりませぬ。ただ奥田姉弟への助勢の儀は、曲げてお聞き届けいただきたく」

と両手をついた多聞に、蔵人は、

「多聞さんの気のすむようにされるがよい」

とだけ答えている。

奥田姉弟との座に同座させた、多聞の真意が奈辺にあるか、蔵人にはわかりすぎるほどわかっていた。

(多聞さんは奥田姉弟の覚悟のほどを、おれに見届けてもらいたいのだ。多聞さんは敵討ちの日が、おのれの命日と腹をくくっているはず)

蔵人は奥田姉弟を見つめた。面に思いつめたものがあった。死に神に取り憑かれているとしかみえぬ形相だった。多聞に視線をうつす。多聞もまた、奥田姉弟の思い込みが乗り移っているのか、眼が据わっていた。

（これではいかぬ。こころをつねにもどさせるにはどうしたらよいのか）

蔵人は答を求めて、思索した。

腰高障子を揺らした者の足音が遠ざかり、何もきこえなくなるまで、口を開く者はいなかった。

静寂が座敷にもどったとき、多聞がぼそりといった。

「気がかりなのは患者たちのこと。医は仁術とはいうが、薬代の払えぬ貧乏人は病にかかっても、医者にまともな治療はしてもらえぬ」

そのとおりだった。溜まった薬代の取立てのために、重病人の娘を岡場所などの苦界《くがい》に売り飛ばす町医者は、掃いて捨てるほどいたのである。

多聞は、医業を生業とする者ではなかった。日々の暮らしの糧《かて》は裏火盗の務めから得られるものでまかなわれていた。その余裕が、

「薬代が払えぬなら払えるときでよい。躰を治すがもっとも大事なことじゃ」

といわせ、治療をつづけさせた。

「まさしく医は仁術を貫くこと。なかなかできることではない」

と多聞の行いを知る町の物知りはそう評し、

「先生のおかげで病が癒《い》えました」

と薬代もままならなかった病人は、せめてものお礼に、と田畑でとれた野菜などを届けに来た。いまや、この近辺の貧しい者たちにとって町医者としての多聞は、いなくてはならぬ存在となっていた。

多聞もそのことは自覚している。蔵人もまた、そのことゆえ多聞を皆の復中を受け、蔵人へつなぐ役目を第一とする役向きに任じているのだ。

(が、この姉弟たちには、その事情はわからぬ)

蔵人のなかに、不意に浮かび上がったことがあった。

(多聞さんを死なせてはならぬ)

とのおもいだった。

「隙をうかがって、斬り込む所存」

唐突に、周次郎が尖った声を出した。

「いつのことでござる」

多聞が問い返した。

「明日から松平余一郎の屋敷を張り込みます」

「佐和どのは、いかがなさる」

「わたしも行をともにするつもりでおりまする」

「うむ、ともに動くか……」

と多聞が首をひねった。多聞が、治療に通ってくる人たちのことをおもんばかっているのはあきらかだった。

「そう願えれば心強うございます」

周次郎が身を乗りだした。

「待たれよ」

横合いからかかった蔵人の声に、奥田姉弟が訝《いぶか》しげな眼を向けた。

「待て、とは？」

問うた周次郎を鋭く見据えて、蔵人がいった。

「死に急ぎすることはあるまい」

「死に急ぎ？　いかなる意味でございまするか」

「松平余一郎と立ち合った者として、そうみた。偽りのない意見でござる」

「拙者の、奥田周次郎の腕が松平余一郎に劣るといわれるのか」

「左様」

蔵人が低く、告げた。

「立ち合ってくだされ。拙者の腕がいかほどのものかおわかりになるはず」

「あのときと同じく木刀にてお相手いたそう」

蔵人は立ち上がった。

「結城殿」

多聞が心配げな眼を向けた。

「多聞さん、奥田殿を犬死にさせるわけにはいくまい。はなから負けるとわかったら、まずは剣の錬磨に励むべき、との話になりはしないか」

「それは、たしかに」

多聞が口を噤んだ。

「立ち合いはどこで」

立ち上がった周次郎が問うた。

「前の庭で待たれよ。拙宅に木刀がある。それをもってまいる」

蔵人は左下段、周次郎は正眼に構えて対峙していた。診療所の前に立った多聞と佐和が凝然とみつめている。

蔵人が一歩迫った。周次郎が下がる。すでに周次郎の面には脂汗《あぶらあせ》が浮いていた。

蔵人が、静かに告げた。

「いかがなされた。打ち込んでこられよ。来ぬなら、当方より仕掛ける」

周次郎の面が怒りに赤く染まった。

「侮《あなど》り、許さぬ」

叫ぶや突きかかった。蔵人の手にした木刀が、逆袈裟に振るわれた。木刀をぶつけあう、鋭く、乾いた音が響いた。はね上げられた周次郎の木刀が、高々と宙に舞った。よろけた右肩に、袈裟懸けの一撃が炸裂する。呻いた周次郎は無様《ぶざま》に地に倒れ伏した。

「返り討ちにあうは必定。仇討ち本懐など、夢のまた夢」

見下ろして、蔵人が告げた。

肩を押さえて半身を起こした周次郎が、甲高い声をあげた。

「負けぬ。もう一勝負」

「技量の差もわからぬか。修行をし直されることだ。時をかけて腕を磨き、敵討ちにのぞまれても遅くはない」

「次は勝つ」

転がっている木刀を左手でつかみ取るや、しゃにむに斬りかかった。軽々と身をかわした蔵人が、こんどは左肩を打ち据えた。木刀を取り落とし、転倒する。

「口で木刀をくわえて戦うしかなくなったな。真剣の勝負なら、左右の腕を切り落とされているところだ」

「無念」

周次郎が唇を噛んだ。


佐和と周次郎が悄然《しょうぜん》と立ち去っていく。診療所の前に立った蔵人と多聞は、無言で見送っていた。

貞岸寺裏と、境内との仕切りとなっている雑木林に、二人の姿が消え去ったのを見届け、多聞が、いった。

「かたじけのうござった。助太刀をするしかない成り行きに陥った私のなかに、犬死にを避けたいとの、強いおもいがあったことは否めませぬ。同座の依頼は、御頭に敵討ちを思いとどまらせてほしい、とひそかに願うこころがさせたことかと」

「おれは、町医者として町人たちから頼りにされている、多聞さんの命を惜しんだのだ」

「御頭……」

「前にもいったが、裏火盗として悪を退治するのも、満足に薬代も払えぬ貧しい人々の命を救うのもひとしく、世のためになることなのだ。多聞さんが命永らえることによって、病に倒れた何人かの命は救えるのだぞ」

口を開こうとして多聞は黙り込んだ。眼を閉じ、唇を嚙みしめた。

(奥田先生、私は不肖の弟子でございまする。いま、覚悟が決まり申した。助太刀はいたしませぬ。貧しき人々の病を治すためと御頭のためにこの命を使うこと、お許しくだされ)

こころのなかで詫びていた。

読経《どきょう》の声が風に乗って流れて来る。いまは勤行《ごんぎょう》の時ではなかった。修行熱心な僧の何人かが経文を唱えているのであろう。蔵人には、その読経が奥田姉弟の弔《とむら》いのように感じられた。

(あの姉弟には、長い年月をかけて修行する気はさらさらあるまい。斬り込む日は近い)

胸中でそうつぶやいていた。

［話したきことあり。白河藩上屋敷まで至急まいられたし。たとえ深更にても来られるまでお待ち申し候　定信］

との書付を、長谷川平蔵が受け取ったのは、石川島人足寄場から乗ってきた猪牙舟が揚場についたときであった。渡し番屋で待ち受けていた、老中首座・松平定信の使者が到着の知らせを受け、揚場まで足を運んできたのだった。

「衣服などととのえる必要はない。時が惜しいとつたえよ、とのおことばでございました」

使者は慇懃《いんぎん》に頭を下げた。

「委細承知」

短く応えた平蔵は、その足で上屋敷へ向かった。

屋敷の奥座敷で、平蔵と松平定信は向かいあって坐していた。

「結城蔵人が、松平余一郎君を木刀にて打ち据えたのは事実か」

平蔵の顔を見るなり定信はそういった。

「いつもながらの早耳でござりまするな」

「実は、老中首座に任じられたときから、余一郎君の屋敷に間者《かんじゃ》を入り込ませている」

「間者を」

「余一郎君にかかわる悪い風聞が、あちこちから聞こえてくる。将軍家の血流につながるお方。御上の権威にかかわる事態が起こりうる、と推断した上での処置じゃ」

「それは」

御老中らしい、といいかけてことばを呑みこんだ。定信が息のかかった者を諸方に出向かせ、世情の風聞を集めているとの噂は、平蔵の耳にも入っていた。定信の顔を見つめた。不機嫌な顔つきではなかった。

「その間者が、お藤の方が結城蔵人に刺客を差し向けた、とつたえてきたのだ」

「結城に、刺客を」

「結城のことゆえ、そこらの剣客に後れをとることはあるまい。が、怖れるのは余一郎君御自身が真剣勝負を挑まれたときだ」

「討たれてやれ、とは口が裂けてもいえませぬ」

「討たれてやれ、とはいわぬ。わしにとっても結城は代え難い人材じゃ」

「それでは」

「卑怯者との汚名をきることになるが、武士の面子《メンツ》、名誉を捨てて徹底的に逃げ回ってくれ、と結城につたえてくれ。将軍家の一族を斬ったとなると、のちのち面倒なことになるでな」

意外な松平定信のことばだった。緊急の呼び出しは、蔵人の身を案じてのことでもあったのだ。

「そのこと、至急つたえまする」

平蔵は深々と頭を下げた。

清水門外の役宅にもどった平蔵は、松平定信とのやりとりを書面にしたため、その夜のうちに相田倫太郎に届けさせた。

さいわい蔵人は在宅していた。書面を読み終わり、

「委細承知、と長谷川様におつたえくだされ」

と告げた。

「一語の狂いもなくつたえまする」

応えた相田倫太郎の面に緊迫が漲《みなぎ》った。

三

「今日も動きがなかったね」

船宿水月の出入りを見張れる、町家の二階の座敷の窓を薄めにあけ、眼を凝らしている吉蔵がいった。

「仁七さんは迷っていらっしゃるんです。顔つきがいつもと違う」

応えたのは雪絵であった。吉蔵の着替えの小袖をたたんでいる。吉蔵と雪絵は、長期滞在で江戸暮らしを楽しむ、武州《ぶしゅう》・川越《かわごえ》の大店の隠居と娘、といった触れ込みで、空き家となっていた町家を借りうけていた。

「そうだろうね。けど、近々動き出すよ。みな」

吉蔵が躰をずらせた。膝行《しっこう》した雪絵が窓からのぞく。

仁七が暖簾《のれん》をかたづけていた。暖簾を手にしたまま、首を傾げる。いままで見せたことのない所作だった。

「吉蔵さん」

雪絵が呼びかけた。吉蔵が立ち上がって、外をのぞいた。

仁七は金縛りにあったかのように、動きを止めている。何ごとか思案にくれているのはあきらかだった。

「明日あたり動きそうだね。悩みが深くなっている」

吉蔵がいった。

「歯切れのいい動きが身上の、仁七さんらしくないありよう。他人にいえない、深い事情があるんですね」

「それを突きとめて、悩みの種を取り払ってやるのが、おれたちの役目さ」

「……何としてもやりとげなきゃいけない。恩は返さなきゃ」

聞こえるかどうかわからぬほどの、かすかなつぶやきだったが、吉蔵の耳はたしかにとらえていた。

「恩？　どんな恩があるんだね」

「いえ、それは……いろいろと」

雪絵の声に動揺があった。

吉蔵はじっと雪絵を見つめた。実体を見極めようとするかのような、厳しい眼《まな》差《ざ》しだった。

「雪絵さん、ふたりで力を合わせて、仁七を迷いの淵から救い出さなきゃならねえ。命がけの仕事だと、おもうぜ」

「覚悟はできています」

「それはわかっている」

ことばをきって、じっとみつめた。

「なにか、隠していることはないかえ」

「それは……」

「このところ二六時中、顔をつきあわせているうちに、ふと湧いたおもいがあるんだ」

雪絵は黙って吉蔵を見つめた。警戒がその目に浮いていた。

「いけねえよ、そんな目をしちゃ」

雪絵はおもわず視線をそらしていた。吉蔵はつづけた。

「これから先の話は、年寄りの戯言《ざれごと》だとおもって聞いてくれねえかい」

雪絵は、無言でうなずいた。

「半年ほど前のことだ。男顔負けの働きをする、変装が売り物で、どんな身分の者にもなりきる女盗っ人がぷっつりと姿を消した。たぶんどこぞで命を落としたんだろうとか、足を洗ったんだろうとか、その女盗っ人の噂でもちきりのときがあった」

雪絵は話に聞き入っている。

「その女盗っ人は、七化《ななば》けのお葉《よう》、という名でな。小粋で艶《あで》やかな、いい女だったそうだ」

雪絵は俯いたままでいる。吉蔵の視線を避けている、としかおもえない様相だった。

「隠退ぐらしをつづけていても、何かと渡世のことが気になってね、あぶれた盗っ人を、手駒の足りないお頭たちに斡旋する闇の口入れ屋と、それとなく馴染みを重ねているのさ。口入れ屋は幼馴染みでね。気兼ねなく話せる」

「七化けお葉というお方の噂は、どうなりました」

「最近は、とんと噂を聞かなくなったそうだ。どこかで殺されたか、のたれ死にでもしたのだろう。名のしれた女白浪《しらなみ》のことだ。いい死に方はしてねえだろうとの尾鰭《おひれ》つきでね」

「どこかで死んだ、と」

「そう。死んだ、ってことになっている」

雪絵が微笑んだ。

「それは、よかった」

吉蔵が、薄く笑った。

「そう。万事うまく運んでるのさ」

雪絵が、唇を歪めた蓮っ葉な笑みを浮かべた。開き直ったとしかおもえぬ、どこか投げ遣りなところがみえた。

「さすがに無言《しじま》の吉蔵親分だ。お目が高い。いつ、あたしが七化けのお葉、だと感づかれました」

「その名は、金輪際口にしちゃいけねえぜ、雪絵さん」

雪絵の面に訝しげなものが浮かんだ。

「おめえさんは、だれが何といったって雪絵さんだ。そうじゃねえかい。七化けのお葉は、もうおっ死《ち》んじまってるんだぜ。死人は生き返らねえよ」

雪絵は黙って、吉蔵を見つめた。

「歩き方に気をつけな。足音をたてねえ忍び足、それも年季を入れた歩き方を見せられたら、そいつが何者か気づく奴が何人かはいる。口入れ屋から聞いた七化けのお葉の人相と歩き方、おまえさんが大林さんのところに居ついたときが、ほぼ半年前ときいて、あてずっぽうをいっただけさ」

「吉蔵さん……」

「雪絵さん。たしかに仁七に恩は受けたろう。だがな、恩の返し方を間違えちゃいけねえぜ。心を鬼にして動くことが、かえって大きく恩を返すことになるかもしれねえんだよ」

「……わかりました。たとえ一時的に、仁七さんに恨まれるようなことになろうと迷いから覚めてもらうことを第一に考えて働きます」

「頼んだよ、雪絵さん」

微笑んだ吉蔵は、躰をもどして再び窓辺に坐った。隙間から水月を覗き見る。

「仁七の野郎、家ん中に入っちまったぜ。今夜は動きはねえ。ひとっ風呂浴びて寝るとするかい」

「吉蔵さん……」

雪絵は、指先でそっと目頭を押さえた。


翌日昼過ぎ、仁七が裏口から出てきた。そこらへふらりと出かけるような気軽な出で立ちだった。

窓の障子を薄めに開けて、様子を窺っていた吉蔵がつぶやいた。

「仁七の目が据わってるぜ。まだまだ修行がたりねえなあ」

　振り返って、いった。

「おれは仁七の後を尾《つ》ける。雪絵さんは頃合いを見計らって水月に行き、お苑さんから、このところの仁七がどんな様子だったか、聞き出してきてくんな」

「抜かりなく」

「頼んだよ」

　吉蔵は身軽に立ち上がった。二十歳《はたち》そこそこの若者を、彷彿《ほうふつ》とさせる所作だった。その軽やかさが、かえって雪絵の不安を誘った。

「無理を、無理をしないでくださいよ。なにかあったら御頭が悲しみます」

「なあに今日のところは仁七がどこに行き着くか、見定めるだけのことさ。まず修羅場には縁はなかろうよ」

　足を止めて振り向いた吉蔵は、にこやかに笑った。

　仁七は神田川沿いの道をゆき、浅草御門へ抜けた。柳原《やなぎわら》広小路を両国橋へ向かう。大川に架かった橋を渡って右へ折れ、御船蔵《おふなぐら》を右手に見ながら、すすんでいった。

無言の吉蔵は見え隠れに後を尾けていく。見る者が見たら、吉蔵の尾行の巧みさに驚嘆の目を瞠《みは》るに相違なかった。吉蔵は仁七との間に、必ず他人や物をはさんで、振り向かれてもおのれの姿が見えぬよう工夫していた。その足どりも道行く人がのんびりしているとゆったりしたものに、せわしなく動いているときは、急ぎ足にとかわった。周りに溶け込む歩き方をすることで、尾行する相手に気配をさとられないための手立てであった。

仁七は尾けられていることに気づいていないようだった。深川へ出、深川八幡を素通りして、永代寺門前町にある蕎麦屋枡田屋の暖簾をくぐった。この間、一度も後ろを振り向くことはなかった。

わずかに遅れてやってきて立ち止まり、店先にかかげられた［き蕎麦　枡田屋］と記された掛け行灯《あんどん》を見上げる男がいた。無言の吉蔵だった。

「仁七の奴、何に気をとられているんだ。あれじゃ誰に尾行されても気づくことはあるめえよ」

うむ、と唸《うな》って、首をひねった。

吉蔵が、仁七を尾行するために出かけてから、小半刻（三十分）ほど過ぎ去っ

たころ、水月の裏口の腰高障子を開けて、

「お苑さん、精がでますね」

と声をかけた女がいた。仁七に代わって、商売ものの肴の仕込みをやっていたお苑が顔を上げると、微笑みを浮かべた雪絵がいた。

「近くへ来たものですから寄せてもらいました」

「ちょうどよかった。近いうちに訪ねていこうとおもってました」

「何か」

「ちょっと聞いてもらいたい話がありましてね」

その顔に深い翳《かげ》りが宿っていた。


仁七は深川八幡の境内の庭石に腰をかけていた。参詣の客で賑わっている。夫婦者が左右から幼子の手を引いて、仁七の前を通り過ぎていった。夫婦が幼子を持ち上げて揺らした。幼子が楽しげな笑い声を上げた。が、仁七の目には、そんな親子の姿は映ってはいなかった。ただ中天を見つめている。空はどんよりと曇っていた。みょうに蒸し暑い。こころなしか吹く風も、ねっとりと皮膚にからみついてくるように感じられた。

わき上がってきた。

（来てよかったのか）

とのおもいが強い。

お滝の使いと称してやってきた松吉が、石川島人足寄場から島破りした、豆州無宿の松吉と同一人だとわかったときから、仁七のなかに、暗雲のような懊悩《おうのう》がわき上がってきた。

松吉が、畜生盗みを仕掛けつづける浮島の五郎蔵の身内ではないか、と推断した仁七は、さらなる苦悩に引きずり込まれた。

どうやらお滝は、浮島の五郎蔵身内から、姐《あね》さんとして扱われているようだった。

（お父っさんが、たとえ浮島の五郎蔵だとしても、おれにはかかわりのねえことだ）

との踏ん切りはついていた。たとえ血の繫がりがあったとしても、それはそれ、おれはおれの生き様を貫く、と決めていた。

問題は、お滝のことだった。薄情なおっ母あ、だと恨んでいても、三尺高い木の上にさらされている、お滝の生首だけは見たくなかった。

（このまま浮島の五郎蔵のそばにいたら、とっつかまって、打ち首獄門の仕置き

を受ける羽目になりかねねえ）

長谷川平蔵や蔵人の、探索の網の絞り方の巧みさを、いやというほど見つづけてきた仁七だった。仁七自身も、その厳しい追及の一端を担ってきている。

（いつかはつかまる。とても逃げ切れるものじゃねえ）

お滝の生首がさらされている夢を何度も見た。

日がたつにつれて、お滝のことが次第に気がかりになってきた。いつしか命を助けてもらう手立てが何かないか、と懸命に思案していた。

その結果、考えついたことがあった。松吉の誘いに乗ったふりをして、浮島の五郎蔵一味に潜り込み、隙を窺って一味を一網打尽にするという、捨て身の策だった。もちろん、蔵人たち裏火盗の助けなくしては、果たせないことだった。

（それもぎりぎりまで手を借りるわけにはいかねえ。できればおれひとりの手柄にしてえ。浮島の五郎蔵一味をやっつけた手柄に免じて、長谷川さまにおっ母《か》あの命を助けてほしい、と頼み込むしか手はねえ）

そう腹をくくって、仁七は枡田屋に出向いてきたのだった。

枡田屋で仁七は、でっぷりと肥った目つきのよくない主に、

「仁七と申しやす。松吉さんにつなぎをとってもらいてえ」

とだけ告げていた。

「明日までに、きっとおつたえいたします」

と主が心得顔で応えたとき、退《ひ》くに退けねえ、のっぴきならないことになった、とあらためておのれのこころに言い聞かせたものだった。

「やるしかねえ」

つぶやいて仁七は立ち上がった。


枡田屋まで仁七を尾行した吉蔵は、その足で、真崎《まつさき》稲荷近くで茶店をやっている巳之吉《みのきち》をたずねた。かつては韋駄天《いだてん》の巳之吉と二つ名で呼ばれ、足の速さと身の軽さで重宝された腕利きの盗っ人も、寄る年波には勝てず、のろのろと参詣客に茶を運ぶだけの暮らしとなっていた。

が、見た目ではただの老いぼれとしか見えぬ巳之吉だったが、いまでも盗っ人仲間では、知らぬはもぐり、と噂されるほどの、手駒不足のお頭の求めに応じて盗っ人を斡旋する、闇の口入れ屋として顔の売れた男だった。

茶店に入ってきた吉蔵を見いだして、巳之吉が笑顔で歩み寄った。吉蔵と巳之吉は同じ年の幼馴染みなのである。盗っ人稼業にも、つれだって入った仲であった。

「どうだい、野菜の出来具合は」

「上々といいたいところだが、なかなかうまくいかねえ。野良仕事は地道すぎて、おいらみてえなやくざな気性のものには向かねえようだ」

「血が騒ぐかい、むかしの稼業の」

「そうさな。十歳《とお》も若けりゃ、もう一勝負、という気になったかもしれねえな」

「おいらもそうさ。が、いまはこうして、真崎稲荷詣でに来た善男善女相手に茶を運んでる方が気が楽ってもんだ」

「あっちの稼業はあいかわらずかい」

「吉さんみたいな大物ならともかく、おれみてえに、半端な仕儀で終わっちまった者は、なかなか足抜きさせてもらえねえのさ。あの世のお迎えが来るまで、ずるずるとつづきそうだぜ」

「足を、洗いてえかい」

「そりゃ、綺麗さっぱり、切れたいさ。けど、それが、できねえ」

「巳之さん……」

吉蔵は巳之吉の肩に手を置いた。じっと見つめて、いった。

「そのうち、おいらとふたりで、暮らさねえかい」

見返した巳之吉が慌てて目を背け、鼻の下を手の甲で拭った。

「まだまだ達者だ。余計なお節介というやつだぜ」

吉蔵が笑みを浮かべた。

「どうやらおいらの方がさきに老いぼれちまったようだな」

「近いうちに遊びに行くよ」

「いつでもいい、といいてえんだが、このところ留守がちでね」

巳之吉が顔を曇らせた。

「何か、あったのかい」

「いえね。にわかにおもいたって、足が達者なうちに御府内の神社仏閣をぶらりぶらりとまわっているのさ」

「そいつはいい心がけだ」

「が、永代寺の門前町でみょうな蕎麦屋に入っちまってね。厭《いや》な気分になったものさ」

「永代寺門前町の蕎麦屋？　なんて店だい」

「枡田屋というんだが」

「枡田屋。そいつは、よくねえ。二度と足を向けちゃ、いけねえぜ」

「なんで？」

「盗っ人宿なのさ。それも札付きの悪の」

「札付きの悪？」

「畜生盗みだけに血道をあげてる、浮島の五郎蔵の盗っ人宿なのさ」

「浮島の、五郎蔵。そいつは、いけねえ」

吉蔵は眉を顰めた。仁七が、浮島の五郎蔵にかかわる誰かとつなぎをとろうとしていることはあきらかだった。が、

（仁七が、浮島の五郎蔵や一味の奴らと、つながりをもちたがってるとはおもえねえ）

との確信があった。

（つなぎをつけなきゃならねえ、のっぴきならぬ事情があるんだ。そうに違《ちげ》えねえ）

咄嗟《とっさ》にはそのわけをおもいつかなかった。

「新茶が入ったんだ。いい味だぜ」

巳之吉のことばが、吉蔵の思案を断ち切った。

「そうかい。実をいうと喉がからからなんだ。馳走になるぜ」

屈託ない笑みを向けた。

四

翌日早朝、雪絵の姿は蔵人の住まいにあった。蔵人が日々の鍛錬の、胴田貫の打ち振りをつづけている間に朝餉《あさげ》の支度をすませた。久しぶりに雪絵の手作りの朝餉を食した蔵人は、箸《はし》を置いて、いった。

「うまい。いつものことながら雪絵の根深汁《ねぶかじる》は天下一品だ。葱に味噌の味がほどよくからまって、それでいて、しゃっきりした葱の歯ごたえと風味はちゃんと残っている」

雪絵は微笑んだ。ふたりきりのときは、雪絵と呼び捨てにしてくれる蔵人のこころを感じとって、わずかなひとときではあったが、恋しい男と向かいあう喜びを嚙みしめていた。

後かたづけをすませ、蔵人の前に坐った雪絵の面には、朝餉のときの柔らかさはなかった。蔵人にも、いつもの厳しさがもどっていた。

「仁七が、動いたのだな」

「吉蔵さんの話だと、訪ねた先は永代寺門前町の蕎麦屋枡田屋。浮島の五郎蔵という畜生盗みを仕掛けつづける小汚い、極悪人の盗っ人宿だそうで」

「浮島の五郎蔵の盗っ人宿、とな」

蔵人が首を傾げた。仁七の気性からみて、畜生盗みをやるような盗っ人にみずから近づくはずはない、とおもった。蔵人のこころを察したかのように、雪絵がいった。

「吉蔵さんがいっておられました。他人にいえねえ、のっぴきならぬ事情があるんだ、と」

蔵人が無言でうなずいた。

「お苑さんから話をきいてきました」

「お苑が、なにか気づいていたのか」

「仁七さんの母御の、お滝さんの使いという男が訪ねてきてから、様子がおかしいそうです」

「仁七の母御の使い？」

「男の名は松吉。豆州・下田の物産問屋『浮島屋』の手代、と名乗ったそうでご

「なに？　豆州・下田の浮島屋。名は松吉だと」

「ざいます」

蔵人は、松吉の調べ書きの写しをあらためたときの、仁七の様子を思い浮かべた。

（仁七はあのときに、島破りの松吉と浮島屋の手代・松吉が同一人だ、とさとったのだ）

まず間違いはない、と判じた。

「松吉の話だと、いまお滝さんは仁七さんの父御と一緒で、父子の名乗りをさせたいとのことだそうです」

「父子の名乗りだと」

「わたしの復申を聞いた吉蔵さんは、話の筋道からいって仁七のお父っさんは浮島の五郎蔵ということになりはしないか。仁七の気性だ。さぞや、つらい、さびしいおもいをしているだろう、とぼそりとつぶやかれて」

「情に負けて、父子の名乗りをしようと、仁七は枡田屋へ出向いた、と考えるべきであろうな」

蔵人は黙り込んだ。不意に、

（はたして、それだけだろうか）

とのおもいが湧いた。蔵人の知る仁七は、父子の情に負けるような男ではなかった。

（会って、話をするべきではないか）

が、いまの仁七が、うち解けて、包み隠しのない話をするとはおもえなかった。

（吉蔵にまかせるしかあるまい）

蔵人は腹をくくった。

木村又次郎と真野晋作は、押し込まれた旗本屋敷の近所で、聞込みをつづけていた。屋敷の建ちならぶ一画である。ふつうでも、聞込みのやりにくいところであった。それでも、所用で外出をしている中間や腰元などに、道をきくふりなどをして話しかけた。さりげなく押込みの話を口にすると、厳しく口止めされているのか、露骨に警戒の眼を向けられた。三人ほど聞き込んだあと、木村又次郎がぼやいた。

「これではどうにもならぬ。押込みの話が始まると、みんなだんまりを決めこむ。それどころか、迷惑顔で立ち去っていく」

「聞込み上手、張込み上手の木村さんが音をあげられるようでは、他の者たちの聞込みもうまくいってはいないでしょうね」

晋作も溜息まじりにつぶやいた。

「御頭と相談して、探索の手立てを考え直さねばなるまい」

木村は、踵を返した。晋作が無言でつづいた。


木村又次郎の申し入れにより、その夜、蔵人の住まいで会合がもたれた。蔵人を中心に、大林多聞はじめ裏火盗の面々が顔を揃えた。

木村の推測はみごとに的中していた。柴田源之進と新九郎、ひごろは仁七とともに動くことになっているが、このところひとりで動くことの多い十四郎も、探索の結果は、はかばかしくなかった。

「そうか。はなから予測はしていたが、やはり聞込みはむずかしいか」

「まともなやり方では、むずかしいとおもわれます。探索の手立てを変えるべきかと」

木村が身を乗りだした。

十四郎が横から口を出した。

「破落戸《ごろつき》同然の旗本仲間の集まる賭場などに、顔を出してみようとおもってますが、ちとまずいですかな」

「それは、いい考えだ。われわれにはできぬことだ」

柴田源之進が、同意を求めるかのように一座を見渡した。

「原田《はらだ》伝蔵《でんぞう》一味と寛永寺《かんえいじ》で決着をつけた折り、逃げのびた者たちが何人かいる。そのことを考えると、危険すぎるのではないのかな」

大林多聞がそういい、蔵人に視線をそそいだ。

「そうよな」

蔵人は腕を組んだ。目を閉じる。思案に暮れたときの癖であった。いつもなら、一同は蔵人のことばを待って、黙り込む。が、この夜は違った。木村又次郎が一膝すすめて、いった。

「しかし、だんまりを決めこむ旗本の住まう屋敷町での聞込みが、うまく運ぶとはおもいませぬ。わが身の危うさを怖れては、探索の務めは果たせませぬ」

「それは……」

多聞が、何かいいたげに口を開きかけた。その動きを蔵人のことばが封じた。

「原田伝蔵一味の残党がどのようなおもいでいるか、おれにもわからぬ。が、これだけはいえる。おそらく旗本たちから聞き込む手立てはそれしかないとおもう。十四郎、明日からさっそく動いてくれ」

「久しぶりに自堕落な暮らしができる。このところ真面目に働きすぎたでな。いい骨休めだ」

不敵な笑みを浮かべた。

「おれも、つきあおう」

と新九郎が声をかけた。顔の前で手を横に振って、十四郎が応えた。

「遠慮しとこう。悪仲間には、悪なりのつきあい方があってな。余所者《よそもの》がまじると、うまくないんだ」

「しかし……」

大丈夫か、と新九郎の眼が問いかけていた。

「新九郎、十四郎のいうとおりだ。類は友を呼ぶの譬《たと》えもある」

新九郎から視線をうつして、蔵人が告げた。

「木村と晋作、柴田と新九郎は、手分けして押し込まれた大店の周辺の聞込みにかかってくれ」

木村たちが、無言で首肯した。

蔵人は多聞を見つめた。

「多聞さんは連絡役に徹してくれ。皆の復申を正確におれにつたえる。簡単なようでむずかしいことなのだ。ふつうの者は、とかくおのれの見解がまじるものだが多聞さんは違う。これからも、しっかりと務めてくれ」

「は。手抜かりなく相務めまする」

背筋を伸ばして、膝に手を置いた多聞は、律儀な性格そのままに深々と頭を下げた。


時の鐘が、朝五つ（午前八時）を告げて鳴り響いている。蔵人は本湊町の渡し番屋の前にいた。渡し番屋は揚場番屋ともいい、とらえた無宿人たちを石川島人足寄場へ移送するための船着場である揚場の間近にあった。留守を守る番人がつねにひとり、詰めていた。

蔵人が入っていくと、顔馴染みになっている番人が腰を屈めた。五十歳を少しまわっているだろうか、頭に白いものがまじっている。

「長谷川様はまだか」

番人が応えた。

「そろそろお着きかと。猪牙舟の支度ができるまでお待ちになる間に、かならず茶を一杯飲まれて、乗り込まれます」

「聞いたことがある。たいした茶葉ではあるまいに、なかなかうまい茶を飲ましてくれる。茶の入れ方に何か秘訣があるのであろう、と長谷川様がほめておられた」

番人は、はにかむような笑みをみせた。

「急須に注いだ湯を、転がすのでございます。急須を円を描くように十数回ほど揺すります。そうすると茶葉の香りが湯に染みこんでいく。美味い茶になれ。美味い茶になれ、と念じながら揺するのでございます」

「そうか。美味い茶になれ、と念じながら急須を揺するのか」

蔵人は、嘆ずるようにいった。何ごとにも極意に似たものはあるものだと、おもった。

番人が急須に茶葉を一掴み入れ、竈《かまど》においた、湯気をたてている鉄瓶から湯を汲もうとしたとき、渡し番屋の腰高障子を開けて、平蔵が入ってきた。

番人が入れてくれた茶をすすりながら、渡し番屋の奥の間で、平蔵と蔵人が向かいあっていた。

「そうか。旗本たちの聞込みは難しいか」

「厳しく口止めされているとしか、おもえぬありさま、と木村がぼやいておりました」

「聞込み上手の木村が弱音を吐くとは、旗本たちの口止め、よほどのことゝとみゆるな」

「とりあえず十四郎が、以前の悪旗本仲間の出入りする賭場などへ出入りして、噂話などを聞き込んでくることになっております」

「十四郎め、存外、いい手がかりをひろってくるかもしれぬぞ。わしにも覚えがあるが、悪仲間の地獄耳、捨てたものではない」

「木村らを、押し込まれた大店の近所の聞込みに向けましたが、そろそろ人手が足りなくなってまいりました。相田殿を含め同心衆四人ほど、町場の聞込みにお借りできませぬか」

「わかった。相田はいま、役宅に詰めておる。そのこと、書付をしたためるゆえ手配させるがよい」

平蔵が番人に声をかけた。

「筆と硯《すずり》、巻紙を持ってまいれ」

一刻（二時間）後、蔵人は清水門外の火付盗賊改方の役宅にいた。長屋にいた相田倫太郎を呼びだし、平蔵の書付を手渡した。

読み終えた相田倫太郎は、接客の間へ蔵人を招き入れ、

「暫時お待ちください」

とそそくさと出ていった。

戻ってきたときには小柴礼三郎と一緒だった。

「身共と小柴殿とで残る二名の人選をいたします。おまかせ下さいますか」

「お頼み申す」

蔵人は、吉蔵や雪絵だけでは仁七の動きを見張るだけで精一杯、とみていた。畜生盗みだけを仕掛ける、浮島の五郎蔵の盗っ人宿である枡田屋を、木村たちに張り込ませ、時機をみて松吉をとらえる。そうなれば、かならず浮島の五郎蔵は動き出す、とふんでいた。

蔵人は相田倫太郎と小柴に、探索の段取りをつたえた。

口を挟むことなく聞き入った相田は、

「残るふたりを選びだし、昼過ぎには聞込みに出張ります。復申は大林殿につたえればよろしいのですな」

「左様。くれぐれもよしなに」

「万事抜かりなく」

相田倫太郎は大きく胸を張り、力みかえって鼻をうごめかせた。

五

「待ったかいがあったようだぜ。松吉らしい男がやってきた」

「ずいぶんと早い動きですね」

雪絵が窓辺に近寄り、障子を薄目にあけて、水月を見張っている吉蔵の脇に身を置いて覗き見た。

歩いてきたお店者《たなもの》風の出で立ちの松吉が、水月の前で立ち止まった。左右に警戒の視線を走らせる。不審な者の影はない、とみてとったか水月に向かった。

入口の腰高障子をあけ、声をかけている。仁七が顔を出した。入口の前で立ち話をしている。ややあって仁七が振り向いて、奥へ声をかけた。お苑に、

「出かける」

とでもいったのだろう。腰高障子を閉め、仁七は松吉と連れだって歩きだした。

「さて、どこへゆくやら、お楽しみだね」

立ち上がった吉蔵に、

「わたしも」

と雪絵が声をかけた。

「遠目でみただけではっきりとはわからねえが、今日の仁七は、神経が研ぎ澄まされているようだ。おれひとりのほうが気が楽だぜ」

「それではわたしはお苑さんに聞込みを」

「うまくやってくんな。昨日の今日だ。みょうに勘繰られちゃいけねえ」

「気をつけます」

吉蔵は笑みで応えた。

ならんで歩いてはいるが、仁七と松吉が、ことばをかわしている様子はなかった。大川沿いを新大橋まで行き、渡った。大川を右手にのぞみながら、中の橋を渡って左へ折れ、河岸道をたどって永代寺門前町へ行き着いた。枡田屋へ仁七と松吉が入っていく。少し遅れて、のんびりと散歩でもしているような足取りで、吉蔵がやってきた。

まもなく枡田屋というあたりで、吉蔵の足が止まった。枡田屋に注がれる強い視線を感じとったからだった。永年の盗っ人暮らしで培《つちか》った、まさに動物的な感覚であった。道でも探しているような格好で、ぐるりを見渡した。

枡田屋の入口を見張れる、天水桶《てんすいおけ》の脇に木村又次郎の姿があった。木村の姿があるということは、相方の真野晋作が近くにいるということになる。吉蔵はゆっくりと視線を走らせた。が、どこにひそんでいるのか姿は見いだせなかった。おそらく裏口をのぞめるところにいるのだろう。

吉蔵は、雪絵の復中をもとに蔵人が張込みを命じたに違いない、と推測した。

正直いって、

（やりにくい）

とおもった。

（張り込んでいる姿を仁七が見いだしたら、どんな気持になるだろうか）

ともおもった。

（どうしたものか）

吉蔵の決断は早かった。仁七が枡田屋から出てくるにはまだ間がある、とみて、脇道を探した。少しもどるが、木村の背後に出ることができる路地があった。吉蔵は歩みをすすめた。

（決して仁七に気づかれることなく、松吉だけを張り込んでほしい）

と木村に頼み込むつもりでいた。

吉蔵の見込みどおり、路地を回り込むことで、木村の背後に出ることができた。

「木村さま」

呼びかけた。ぎくり、と躰を硬直させたのがわかった。ゆっくりと振り返った木村は刀の鯉口を切っていた。

「いきなりばっさりは、ご勘弁願いやす」

吉蔵が笑みを含んでいった。

「吉蔵か。さすが、だな。気配がなかった」

「実は張込みの手筈のことで、ちょっと話しておきたいことが」

「御頭からは、枡田屋を張り込め。松吉が現れたら、じっと見張れ。折りをみてとらえるが、それまでは泳がしておけ。仁七が一緒のときがあるとおもうが、おれが命じたひそかな任務についているのだ。決して気づかれてはならぬ。仁七のこころが乱れるもととなる。そういわれておるが」

「御頭が、仁七はひそかな任務についている、とおっしゃいましたか」

吉蔵は、蔵人は仁七のことを心底心配しているのだ、と感じた。

「仁七を蔭ながら吉蔵が助けている、ときいているが、尾けてきたのか」

「松吉が水月を訪ねてきたんで。ふたりが連れだって出かけたんで、尾行の真似事を」

「打ち合わせておくことがあるか」

「いえ。さすがに御頭、細かい気配りで」

吉蔵はまわりに視線を走らせた。

「つるんで張り込んでおりますと、なにかと目立ちます。あっしはどこぞに身をひそめます」

吉蔵は軽く頭を下げた。傍目には偶然出会った知り合いが、ことばをかわして別れた、としか見えぬ所作だった。

大胆にも吉蔵は、枡田屋の店先を通り過ぎ、いずこかへ消えた。町を行く人々に溶け込んだ動きだった。

(足運びが、この町を行き交う者たちとかわらぬ按配を保っている。あれでは尾

行に気づく者はおるまい)

木村の目線は、すでに見えなくなった吉蔵の姿を追いつづけていた。

枡田屋の奥の、六畳ほどの座敷にお滝と仁七が向かいあって坐っている。お滝は皺《しわ》の多い顔に、白粉《おしろい》を塗りたくって、若く見せるための、精一杯の化粧をしていた。丸髷に結い上げた髪は白髪が目立っていた。若作りの顔と髪がちぐはぐで、老醜を際だたせていた。

松吉の姿はなかった。

「久しぶりの母子の出会いだ。つもる話もありやしょう。ここらで消えるのが心得ってもんで」

座敷に入るなり、松吉はそういって出ていった。

「いい貫禄になったね、仁七」

目を細めて、笑いかけるのへ、

「あんたも達者そうで、なによりだ」

素っ気なく応じたものだった。

お滝はなにかと話しかけるのだが、仁七はだんまりを決めこんで、ことばを返さない。

いまでは、ふたりとも口を噤んで、そろそろ小半刻（三十分）になろうとしていた。

意を決したのか、お滝が生真面目な顔つきでいった。

「おまえが怒るのも無理はないさ。長い間、ほったらかしていたしね。けどね、やっと、お父っさんだと名乗りをあげてくれる男が現れたんだよ」

「まさか浮島の五郎蔵じゃあるまいね」

「よくわかったね、その浮島の五郎蔵さ。ある日、突然訪ねてきてね。おめえが産んだ雁金の仁七、あいつはおれの息子に違えねえ。このところ、じっくり考えてみて、そうおもうんだ。お滝、掛け値なしでいってくれよ。仁七はおれの子なんだろう。この年になって、つくづくおれにも餓鬼がいたんだ。あいてえ、父子の名乗りをしてえ、とそうおもってるんだ」

「止《よ》してくれ。浮島の五郎蔵みてえな、畜生盗みにあけくれる、極悪非道な男がお父っさんだなんて、嬉しくもなんともねえ」

「五郎蔵は、父子の名乗りをしたら足を洗う。非道の罪滅ぼし、仏門に帰依して供養三昧の暮らしをするといってるんだよ」

「手が後ろにまわる前に寺に逃げ込むってのが、ほんとのところじゃねえのかい」

「そういっちゃ身も蓋《ふた》もないじゃないか」

「あんた、おれに何度もいったじゃねえか。おまえを産んだときは三人の男と床をともにしていた。とっかえひっかえ入り乱れてて、悪いがだれがお父っさんかわからないんだよ、とな。耳に胼胝《たこ》ができるほど聞かされてるぜ」

「だからさあ、五郎蔵が名乗り出てきたといってるじゃないか。おまえのことをおれの子だといってくれる男がいる。ありがたい話じゃないか」

仁七は露骨に厭な顔をして、黙り込んだ。お滝は上目遣いにちらちらと様子を窺っている。視線をあわせようともしない仁七に、しょんぼりと肩を落とした。ぼんやりと畳を眺めている。やがて、目頭を押さえると低く嗚咽《おえつ》を洩らした。

「泣き落としは通じねえぜ。みあきた芝居だ」

「そうだったね。泣き落としはわたしの得意技のひとつだってこと、とっくに忘れたかとおもってたけど、覚えていてくれたんだね。嬉しいよ」

「あんた、変わってねえなあ」

仁七はつくづくと見つめた。会うと憎しみしか湧いてこない。こんな女の命乞いをするために自分の命を賭ける。割に合わない気がした。が、すぐに、

（おれにとってはたったひとりのおっ母あだ。なんとかしてやりてえ）

とのおもいがとってかわった。

仁七がわずかでもこころを開いた、と察したか、お滝が年甲斐もなく甘えた顔をした。

「仁七、お願いだよ。浮島の五郎蔵と父子の名乗りをしておくれ。そうしてくれりゃあたしは姐さん扱いしてもらえるんだ。この十年で一番楽な暮らしをしてるんだよ。いい気持でいられるしさあ。親孝行だとおもって頼むよ」

両手を合わせて拝んだ。

「十歳の、右も左もわからねえ餓鬼をおっぽりだしといて、親孝行もないもんだ。笑わせないでくれ」

「家を出るには、それなりの理由があったんだよ。うるさくつきまとう男がいたしさ。なんたって、あたしはか弱い女なんだよ」

仁七は冷たく見据えた。たったひとりで長屋に取り残されたときの心細さ、辛《つら》さが甦《よみがえ》った。冷たい大家で、

「店賃《たなちん》が払えないのなら出ていってくれ」

と叩き出された。それから一ヶ月近く、お滝が帰ってくるかもしれない、とお

もって長屋のそばで野宿をして過ごした。親切な大工の女房がいて、飯をめぐんでくれた。そうこうしているうちにお滝が嫌っていた盗っ人がやってきて、みかねて仁七を引き取ってくれたのだった。

（もっともあの野郎も、はなからおれを引き込み役に仕立てよう、と目論《もくろん》んでいたんだ。年端《としは》もゆかぬ餓鬼が盗っ人の一味だなんてだれもおもわねえからな）

そうこころでつぶやいて、お滝から顔を背けた。

「仁七、頼むよ」

お滝が仁七の膝に手を置いた。

「あたしを助けるとおもってさ。いまの暮らしをつづけたいんだよ。正直いって年だろ。躰がきついのさ。お務めをやって稼ぎたくとも、声がかからない。お先真っ暗なんだよ。頼むよ」

声に必死なものがあった。

仁七は、お滝に視線をもどした。

「すこし考えさせてくれ」

「頼むよ。色好い返事をしておくれ。哀れな年寄りを助けるとおもってさあ」

仁七はたまらなく惨めな気持になった。

（生まれ落ちたときに、すでに世の中から見捨てられている、おれみてえな奴もいるんだ）

半ば捨て鉢になって、盗みを重ねていたころに抱きつづけたおもいが、苦くころに、浮き上がった。久しく忘れていたことだった。押し込むたびに、言い訳みたいにこころのなかでつぶやいたことばであった。

「生まれ落ちたその日から、世の中に見捨てられてるおれだ。悪さをしたって仕方がねえ。世間の奴らが何をしてくれたっていうんだ」

くだを巻いては、安女郎を抱いたものだった。苦く、切ない過去が、走馬燈のように仁七のなかでまわった。

（すべてこの女が原因なのだ）

憎しみが躰に満ちてくる。そばにいたくないとおもった。

「帰るぜ」

「色好い返事を待ってるよ」

お滝がせっぱつまった声をあげた。

仁七はそれには応えなかった。戸襖の向こうに呼びかけた。

「松吉さん、帰らしてもらうぜ」

応じて、すぐに戸襖が開けられた。別室に引きあげたふりをして、廊下にひそみ、聞き耳を立てていたのは気配で察していた。顔をのぞかせた松吉がいった。

「決心がついたら、ここにおれあての伝言をおいといてくれ。今日みたいに迎えにいくからさ」

「その気になったら、そうするよ」

裾を払って立ち上がった。

お滝が声をかけた。

「頼むよ。色好い返事をしておくれ」

仁七は振り向きもせず、座敷を後にした。


仁七が水月に帰ったのを見届けて、吉蔵がもどってきた。雪絵が申し訳なさそうにいった。

「お苑さんのとこには、いかずじまいで。吉蔵さんがおっしゃったとおり、間をおかずに顔を出すのは、みょうに勘繰られるもとになるんじゃないか、とおもったもんですから」

「そいつはよかった。お苑さんも勘働きのいいほうだ。顔を出す頃合いを見計らったほうがいい」

　そう応えて、屈託なく微笑んだ。

　木村又次郎は狐につままれた気でいた。柴田源之進と交代する、宵の五つ（午後八時）になっても、松吉は枡田屋から出てこなかった。

　いったん引きあげた木村又次郎は、翌朝の五つになって、柴田源之進と交代した。

「松吉は出てこない」

　と、引きついで、柴田は引きあげていった。

　木村は張込みをつづけた。もうすぐ交代の時刻になる。松吉が姿を現すことはなかった。首を傾げた。さまざまな推測が頭のなかで錯綜した。あらゆることを考えあわせてみた。

「盗っ人宿のことだ。あっても不思議はない」

　おもわず口に出してつぶやいていた。

　木村の達した結論、それは、

「枡田屋には抜け穴があるに相違ない」

というものだった。

（抜け穴はどこへ通じているのか）

木村は思案の淵に沈み込んだ。

第三章　竦《りつ》　然《ぜん》

一

大林多聞は、裏口の戸障子を薄目にあけて、様子をうかがった。

「御頭を見知らぬ武士が訪ねてきています。不在と知り、帰るまで待つつもりか庭石に腰をかけたまま動こうともしない」

患者をよそおって、診療所の入口から入ってきた新九郎から、そう聞かされた多聞は、診察の手を休めて、何者か確かめに来たのだった。

「御堂、玄蕃」

多聞の驚愕の呻きを聞き咎めた新九郎が、

「何者ですか」

と問うた。

「松平余一郎君の側役だ」

「松平余一郎君？　九代将軍様のお子の」

多聞は無言でうなずいた。

「そんなお方の側役が、なぜ御頭に」

多聞は奥田道場での経緯を手短に語ってきかせた。聞き終わり、新九郎がいった。

「木刀で打ち据えられた余一郎君が、そのことを恨みにおもい、報復のためにあの者をつかわした、と」

「そうとしかおもえぬ。わずか一度の出会いだったが、余一郎君の人品骨柄は、粗暴にして短慮。とても将たる者の器ではない」

「どうしますか」

「御頭にまかせるしかあるまい」

「御頭の身に危険が及んでいるというのに、手をこまねいてみている、というのは」

「相手は将軍家の血筋にかかわる者。のちのちの面倒を考えると、軽率にはふるまえぬ」

「どのような成り行きになるか。ここで様子をうかがっております」

「頼む。診察にもどる。何かあったら知らせてくれ」

新九郎は無言で首肯した。

蔵人は、永代寺門前町の通りをゆっくりと歩いていた。深編笠をかぶって面《おもて》を隠している。雪絵から枡田屋の場所は聞いていた。おもいたって浮島の五郎蔵の盗っ人宿の様子を見に出向いてきたのだった。

大栄山金剛神院永代寺《だいえいざんこんごうしんいん》は、俗に深川八幡と呼ばれる富岡八幡宮の別当である。永代寺林泉《りんせん》の見事さは評判で、弘法大師の御影供《みえいく》を修した、三月二十一日から二十八日の間は、諸人に庭園を開放して見物させた。俗に山開きといい、多くの人たちで賑わった。

山開きの季節は、とうに過ぎ去ったにもかかわらず、門前の通りには参詣客が群れ集い、昼下がりだというのに、両側にたちならんだ茶屋や料理茶屋のあちこちから弦歌の音が洩れ聞こえていた。

蔵人は足を止めた。前方に木村又次郎の姿があった。無精髯《ぶしょうひげ》をはやし、総髪に結った髪は手入れをしていないためか、ばさばさに乱れている。暇を持て余した無頼浪人としかみえなかった。ぶらりぶらりと歩いてくる。張り込む場所をかえるための動きとみえた。蔵人は歩きだした。すれ違う。木村は蔵人に一瞥《いちべつ》もくれなかった。気づいていないのではない。探索の途上出会っても、よほどのことがないかぎり声をかけないとあらかじめ決めてあった。

すれ違った蔵人は、枡田屋が間近にあることを察した。そのまま歩をすすめていく。左手に、店先に置かれた枡田屋の行灯《あんどん》看板が見えた。木村から、

「店内から外への抜け道があるに違いない」

との復申を受けていた。蔵人は枡田屋のある一画を見てまわった。表通りには参詣客相手の汁粉屋や、料理茶屋などの食い物屋が密集している。商い屋に取り囲まれるように、町家が密集していた。

地下に抜け道を掘ると大量に土が出る。町のありようからいって大量の泥を密かに処理することは難しいとおもえた。蔵人は、枡田屋に隣接する町家のどこかに抜け道の出口が隠されていると推測した。

再度枡田屋の前に出た蔵人は、住まいへもどるべく、歩をすすめた。

蔵人が、貞岸寺の表門をくぐったとき、夕七つ（午後四時）の鐘が響いてきた。

鐘楼で当番の修行僧がついているのであろう。境内を横切り、林のなかの小道を抜けて、裏手に出たところで蔵人の足が止まった。

蔵人に気づいたのか御堂玄蕃が立ち上がった。ゆっくりと歩み寄ってくる。何の敵意もない、隙だらけの歩き方だった。戦う意志のないことを躰と気の動きであらわしていた。

（不思議なおとこだ）

蔵人は胸中でつぶやいた。身のこなしからみて、剣の業前がかなりのものであるのはあきらかだった。いきなり、抜き打ちを仕掛けてくる恐れは残っている。が、

（それはあるまい）

とふんでいた。

それでも蔵人は、斬りかかられても十分に逃れうる間合いを計って、足を止めた。見つめる。その意図は御堂玄蕃にもつたわったようだった。足を止めて、いった。

「さすがだな。この距離なら大きく踏み込んで居合いを仕掛けても、刀が届かぬ」

「待っておられたのか」

「当方の勝手な用向きだ。顔を見るまで待つしかあるまい」

「第二の剣客がみつかったようだな」

「剣客と呼んでいいか、いささか迷うがな」

「仕合の日時と場所は」

「仕合、といってくれるか」

「九代将軍様のお子が、一介の素浪人に刺客を差し向けるなど、あろうはずがないこと。仕合というべきであろう」

御堂玄蕃は、黙った。

一陣の風が木々の枝を揺らした。砂煙が蔵人の足下から噴きあげ、御堂玄蕃を襲った。顔を顰《しか》めて、砂埃《すなぼこり》が後方へ駆け去るのを待って、いった。

「日時は明日、昼八つ。場所はここからさほど遠くない、浅茅原《あさじがはら》は鏡が池そば、袈裟《けさ》懸松《かけまつ》あたりといたそう。あそこなら見晴らしもいい」

「飛び道具でも使うつもりか」

「わからぬ。が、剣技を金に替えて生きている奴らだ。何がでてきてもおかしくない。おそらく助勢を引きつれてくるだろう。総勢七人ほどになるかもしれぬな」

蔵人はおもわず微笑んでいた。

「何がおかしい」

「いや。この間もそうだったが、差し向ける者たちの手の内を、わずかでも敵のおれに語るなど、ふつうではない、とおもうてな」

「おれは、おぬしに生きのびてもらいたいのだ。そして」

「そして」

「松平余一郎君の行く末を見定めたら、おれはもう一度、真摯《しんし》に剣の修行をしなおして、おぬしと勝負したい。一介の剣士としてな」

「重ね重ね迷惑な話だな。御堂さん、あなたは強い。仕合えば命が果てるかもしれぬ。おれはできるだけ長生きしたい」

「おれはおぬしの、何者にも媚《こ》びずにおのれを貫く気性に惚《ほ》れたのだ。純なところで剣の修行に励んでいたころに、たとえわずか一時でもよい。今一度もどってみたいのだ」

こんどは蔵人が見つめる番だった。御堂玄蕃が見返す。強い光のなかのどこかに脆《もろ》さのある、いいしれぬ哀しみを秘めた眼、だと蔵人は感じた。

（このような眼差しに、出会ったことがない）

た」


おもわず問うていた。

「おぬし、望みはないのか」

「ない。田舎寺の濡れ縁に捨てられていた、どこの馬の骨かわからぬ身だ。生まれ落ちたときから、この世に見捨てられた者。生き抜くためには何でもやってきた」

蔵人は口をはさまない。語るにまかせていた。

「おれを育ててくれた、武芸者崩れの住職が剣を仕込んでくれた。剣だけがおれの生き甲斐であり、頼りだった。その剣を、喰うために汚しつづけてきたのだ」

「ふたたび剣だけに生きる。そういう気にはならぬのか」


御堂玄蕃は蔵人を凝然と見据えた。その眼に闘魂の炎が燃え立っていた。

「おぬしとの勝負次第だ。勝てば、たとえ貧しくとも剣一筋と決めておる。負ければ、父とおもわれる旅の武芸者同様、野に屍《しかばね》をさらすだけだ」


蔵人は、遠くを見つめた。御堂玄蕃の父らしき男が、血塗れで野に倒れ伏している姿が見えた気がした。

「それで、浅茅原か……」

「いずれ、浅茅原で仕合いたいとおもっている。そのための下見でもある」

「おぬしの下見、むだにすまい」

御堂玄蕃の面に喜色が走った。

「それでは、おれの仕合の申し入れ」

「受けよう。ただし、それまで命があれば、の話だが」

「死なせはせぬ。大事な、おれの相手だ」

多聞の診療所の裏口の、細くあけた戸障子の隙間から、立ち去る御堂玄蕃の様子をうかがっていた新九郎が、

「昼過ぎから二刻近く待ちつづけて、出会ったとおもったら、たいした話もせずに別れる。御頭からも、御堂玄蕃からも殺気は感じなかった。果たし合いの申し入れではないような気がする。しかし……」

おもわずつぶやき、首を傾げた。

浅茅原は、曹洞《そうとう》宗の禅林で芝《しば》の青松寺《せいしょうじ》、高輪《たかなわ》の泉岳寺《せんがくじ》とともに、江戸三箇寺のひとつでもある、妙亀山《みょうきさん》総泉寺《そうせんじ》大門前からひろがる物寂しい原野であった。

木母寺にある梅若塚に葬られた洛陽《らくよう》北白河《きたしらかわ》吉田《よしだの》少将《しょうしょう》惟房《これふさ》卿の子・梅若丸は、人

買いの信夫藤太《しのぶのとうた》に欺《あざむ》かれて京の都より東《あずま》へ下り、隅田川へ至った。病に罹《かか》った梅若丸はこの地でついに死に至る。わが子を訪ね、旅してきた母・妙亀尼が梅若丸の死を知って世をはかなみ、身を投げたのが鏡が池である。

袈裟懸松は衣かけ松ともいい、妙亀尼が入水するとき、この松に袈裟をかけたとのいいつたえの残る古木であった。

熊沢伴次郎、門弟五人と御堂玄蕃は、通りをはさんで袈裟懸松の向かい側にいた。

「あと一方《ひとかた》、おられたようだが」

御堂玄蕃の問いかけに、熊沢伴次郎が小狡《こずる》い笑いを浮かべた。

「受けた仕事は仕遂げねばならぬでな。細工は流々という奴だ」

「飛び道具でござるか」

「さすが側役筆頭の御堂殿、察しが早い。短筒《たんづつ》を得意とする者がおってな。重宝しておる」

熊沢伴次郎が右手を突きだし、短筒を構える格好をしてみせた。

「どこに伏せているのだ。その短筒の名手は」

「袈裟懸松の下、鏡が池の堤《つつみ》に身をひそめておる」

手をあげて、まわした。

　身を伏せていたらしく、袈裟懸松の根本から、門弟がのっそりと立ち上がった。手に短筒を持っている。

　熊沢伴次郎が両手を胸の前で交差した。特に用はない、という合図だったのか、短筒の門弟が再び袈裟懸松の背後の堤に身を隠した。

「なるほど。用意周到でござるな」

　御堂玄蕃は短筒の門弟が姿を隠したあたりを凝視したまま、いった。

「来た」

　熊沢伴次郎の声に御堂玄蕃は振り向いた。蓮花寺《れんげじ》など、寺院が左右につらなる通りを、ゆったりとした足取りで結城蔵人が歩いて来る。門弟たちが刀の鯉口を切った。気づいて、御堂玄蕃がいった。

「見届け人として申し上げる。あくまでも、これは武門の意地をかけた仕合である。熊沢殿と結城殿が刀を抜きあい、対峙してから勝負は始まる。くれぐれも心得違いのなきようお願い申す」

　門弟たちの何人かがきこえよがしに舌打ちをした。鯉口を元にもどす。

「どうも、やりにくうござるな。すべて拙者らのやり方にまかせてもらえぬか」

「それはできぬ。当家は九代将軍様の末子が起こした家、将軍家の分家といってもよい格式の家柄でござる。何をなすにも、家柄に恥じぬようなさねばならぬ」

「みんな、聞いてのとおりだ。まず、おれが立ち合う。一たび剣を合わせたら、一斉に抜刀し、斬りかかれ」

門弟たちが首肯した。熊沢伴次郎は視線を蔵人に据えた。

蔵人の歩調は変わらなかった。まったく殺気は感じられなかった。

たおやかな陽射しを受けて、薄《すすき》が揺れている。鏡が池の水面は、光をちりばめた鏡と化していた。

のびやかな風景が、そこにあった。

二

御堂玄蕃は通り沿いに身をうつした。

浅茅原へすすむ蔵人は、御堂玄蕃のことばをおもいおこしていた。

「おそらく助勢をつれてくるだろう。総勢七名ほどになるかもしれぬな」

数えると、御堂玄蕃をふくめて七人の男が待ち受けていた。

（総勢七人といっていた。そのなかに御堂玄蕃は含まれていないはず）

閃《ひらめ》くものがあった。

（飛び道具、と問うたとき否定はしなかった。短筒を使う者がどこぞにひそんでいるのかもしれぬ）

御堂玄蕃が袈裟懸松を背にして立った。蔵人の目線が袈裟懸松に向けられた。根元のあたりで何やら蠢《うごめ》くものがあった。

（袈裟懸松近くに歩み寄り、伏兵の有無をたしかめねばなるまい）

一跳びすれば袈裟懸松であった。立ち止まった蔵人はゆっくりと胴田貫の鯉口を切るや、いきなり走り出した。

袈裟懸松下の堤から、短筒を構えた門弟が慌てて立ち上がった。火縄に火がついていた。

「いかん」

熊沢伴次郎が刀を抜き、袈裟懸松に向かって走った。他の門弟たちも一斉に刀を抜き連れて、つづいた。

御堂玄蕃は動こうとしなかった。行く手を遮るかたちとなった。

「どけ」

熊沢伴次郎が怒鳴った。御堂玄蕃は、金縛りにあったかのように身じろぎもしない。斬り捨てるわけにはいかなかった。熊沢伴次郎たちは、御堂玄蕃を避けて袈裟懸松へ向かうしかなかった。その分、駆けつけるのに時間《とき》がかかった。

そのわずかの差が明暗をわけた。飛び込んだ蔵人は、抜き打ちの一撃を門弟の脇腹に叩きつけていた。

断末魔の叫びを発し、短筒を取り落とした門弟が、袈裟懸松を抱きかかえるように倒れこんだ。そのままずり落ちる。

振りかえるや蔵人は、斬りかかる門弟のひとりを袈裟懸けに斬り捨てていた。勢いにまかせて通りを横切り、浅茅原へ駆けおりた。追ってくる熊沢伴次郎や門弟たちを迎え撃つべく、右下段に胴田貫を据えた。

御堂玄蕃は前と変わらぬ様子で立っていた。

蔵人に迫る熊沢伴次郎に声をかけた。

「熊沢殿、これは仕合でござる。双方、まずは刀を引き、一対一の勝負を始められたい。所定の位置につかれよ」

「聞く耳もたぬわ。門弟ふたりが殺された。奴の息の根、止めてくれるわ」

熊沢伴次郎が声を荒らげた。

「このまま無法の戦いを仕掛けつづけるつもりか」

「うるさい。おれたちは、どんな手を使ってもよい、浪人一匹、始末してくれと頼まれただけだ。仕合など、はなからする気はない」

「そうか」

御堂玄蕃の面に、凍《こご》えた薄ら笑いが浮いた。

「なら、仕方ないな。松平家家臣として家名は守らねばならぬ」

刀を抜きはなった。

「剣客にもあるまじき卑怯な振る舞い。これ以上、見過ごすわけにはいかぬ。御堂玄蕃、結城蔵人殿に助太刀いたす」

「なに。おぬし、主命に逆らう気か」

「当松平家の主は余一郎君でござる。このこと、主は一切ご存じない。ただ、とあるお方の怒りが暴走したまで。いまの拙者は家名を守るが第一でござる。まいる」

八双に構えて、門弟のひとりに襲いかかった。見事な間合いだった。刀を交えることなく、袈裟懸けに門弟の左肩を深々と切り裂いていた。朱に染まって転倒する。見向きもせず次なる門弟に向かい、正眼から強烈な突きをくれていた。次なる門弟は、その切っ先を避けるべく刀をぶつけた。が、御堂玄蕃はびくともしなかった。刀身は突き出された勢いのままに、次なる門弟の喉もとを貫いた。

呻き声を発し、次なる門弟が小刻みに痙攣《けいれん》した。引き抜かれた刀を追って血飛沫《ちしぶき》があがった。前のめりに倒れる。

「ふたり。結城殿、拙者の相手は三人まで。残りの者の始末、おまかせいたす」

そう呼びかけて、別の門弟に向き直った。再び、正眼に構えなおした。

蔵人もすでに三人斬り伏せていた。残るは熊沢伴次郎だけであった。正眼に構え、半歩迫る。熊沢伴次郎は大上段に振りかぶっていた。顔に脂汗が浮いている。詰められた間合いを嫌ったか、一歩下がった。

蔵人がさらに一歩迫った。熊沢伴次郎は八双に構えをうつすや、裂帛《れっぱく》の気合いを発して打ち込んだ。

蔵人が受け、激しく数回、鎬《しのぎ》をぶつけあった。熊沢伴次郎が大きく跳び下がった。蔵人が右下段に刀を据え、半歩迫ったとき、熊沢伴次郎が手にしていた大刀を放り投げた。

「まいった。身共の負けでござる。平にご容赦。命ばかりは助けていただきたい。このとおりでござる」

いきなり土下座して地面に額を擦《こす》りつけた。

蔵人は動きを止めた。が、警戒を解いてはいなかった。

熊沢伴次郎が顔を上げた。

「頼まれただけなのだ。死にたくない。許してくれ」

懇願した背後で閃光が走った。熊沢伴次郎の首が肩から離れ、胸元に抱え込まれるようにずり落ちた。首の皮一枚だけ残した手練《てだれ》の一太刀であった。首の付け根から鮮血が噴きあげた。鮮血の向こうに、刀を右手に下げた御堂玄蕃の姿があった。

「なぜ斬った。命乞いをしていたのだぞ」

「主家の家名を守るため、家臣としてなすべきことをしたまでのこと」

「口封じか」

「そうだ」

大刀を鞘におさめて、つづけた。

「おれが無頼浪人たちと斬り合ったことにする。引きあげてくれ。骸のかたづけを町方に頼みに番屋へ出向く。これにて失礼する」

通りへ出た御堂玄蕃は、浅草聖天町《しょうでんちょう》へ向かって歩き去った。

胴田貫を鞘におさめた蔵人は、凝然と熊沢伴次郎の骸を見つめた。見事な切り口だった。振り回すよりも、振った刀を自在に止めるほうがはるかに難しい。業に、類稀《たぐいまれ》なる腕力が備わらないとできぬことであった。

（御堂玄蕃、恐るべき腕前……）

蔵人はその場にじっと立ち尽くした。

住まいにもどった蔵人を十四郎が待っていた。濡れ縁に肘枕をして横たわっている。のんびりと昼寝でもしているかのような格好だった。

「自堕落な暮らしぶりが身についたか」

蔵人が声をかけた。慌てて起きあがった十四郎が、口を尖らせていった。

「そりゃないぜ。潜り込んで命がけの探索をやってきたんだ。ご苦労、世話をかけたなぐらいの一言はあってもいいいんじゃねえか」

笑みを含んで、応じた。

「その喋りっぷりからみて、成果があったようだな」

「まあな」

得意げに鼻を蠢かした。

「話を聞こう。座敷で待っていてくれ」

「勝手知ったる他人の家だ。先に入らせてもらうぜ」

立ち上がった十四郎は障子に手をかけた。


蔵人と十四郎は向かいあって、坐っていた。

「旗本屋敷で開帳されている賭場を、かたっぱしからまわった。不思議なもんだ。勝とう、勝たなきゃとおもってるときは負けっぱなしなのに、欲がないとどんどん勝ちつづける。お蔭で百両ほど稼がせてもらった」

懐《ふところ》から布袋を取りだし、置いた。

「原田伝蔵とつるんでいた旗本たちとは、顔を合わせなかったのか」

「会ったさ、何人かと」

「修羅場はなかったのか」

「ない。拍子抜けしたほどだ。見知った奴らは、おれの顔を見ると知らぬ振りをして顔を背け、いつのまにかいなくなっている。判で押したように同じ反応でな。呆《あき》れかえった」

蔵人は黙した。

（皆、家禄が大事なのだ。一度は失うかもしれぬとおもった俸禄が安堵されたのだ。つまらぬ揉め事を起こして、お扶持召し放ちの憂き目には、あいたくなかろう）

十四郎がつづけた。

破落戸《ごろつき》旗本たちのおもいを探っていた。

「押し込まれた、旗本・松本茂右衛門殿の屋敷の中間と仲のよかった、渡り中間がいてね。本所の破落戸旗本の開帳する賭場で、二日つづけて顔を合わせたのをきっかけに声をかけた」

「酒を馳走し、多少の小遣いでもやったか」

「地獄の沙汰も金次第というが、あれほど人の口は軽いものかと、驚かされたほどだ」

「それなら旗本たちの風聞、かなりのところまで聞きだせただろうな」

「その男ひとりで、松本殿だけではなく押し込まれた旗本たちのことまで、かなり詳しく聞き込めた」

「三人の旗本につながる線はあったか」

「驚かないでくれよ。松本殿の屋敷に、松平余一郎君と側役の御堂玄蕃が何度も足を運んでいるのだ」

「松平余一郎君と御堂玄蕃が」

「松本殿の妻女に懸想《けそう》して側女《そばめ》に差し出せ、との強談判《こわだんぱん》だったそうだ」

「松本殿は断ったのだな」

「もちろんだ。が、執念深い質《たち》らしく、諦めずにしつこくやってくる。強引に上がり込んでは屋敷内を歩きまわる。あれでは絵図面が描けるほど詳しくなっているだろうと松本殿の中間がいっていたそうだ」

「絵図面が……」

「残るふたりの旗本も似たような話でな。妻女が娘御、妹御に変わっただけだ」

蔵人は黙りこんだ。十四郎がいった、

「あれでは絵図面が描けるほど詳しくなっているだろう……」

とのことばに引きずられていた。

不意に、熊沢伴次郎の門弟相手に刀を振るう、御堂玄蕃の姿が脳裡に浮かんだ。

「偶然とみえても三度重なると、偶然ともおもえぬ」

口に出してつぶやいていた。

「なんだって」

十四郎が聞き咎めた。

それには応えず、告げた。

「帰ってくる早々すまぬが、今夜、この座敷で向後の探索の手立てを打ち合わせる。柴田と新九郎は浅草田圃そばの住まいにいるはずだ。木村と晋作の所在は、柴田たちが知っている。迎えに走ってもらいたい」

「人使いが荒えな。自堕落しすぎて躰がなまっている。歩きまわったほうがいいかもしれねえ」

にやり、として、十四郎は立ち上がった。


まもなく深更九つ（午前零時）だというのに、蔵人の住まいには、灯りが灯《とも》っていた。

座敷では大林多聞ら裏火盗の面々が蔵人、傍らに坐る十四郎と向き合い、居流れていた。

十四郎の探索の結果を聞き終えた多聞たちは、暗然と顔を見合わせた。柴田がぼそりとつぶやいた。

「相手が悪すぎますな。九代将軍様のお子とその側役、後々面倒なことになりかねぬ」

「その斟酌《しんしゃく》は無用だ」

きっぱりといった蔵人を、一同が見つめた。

「支配違いにかかわりなく探索し、事を落着させるのがわれらの務めだ。たとえ将軍家の一族といえども例外ではない」

おだやかだが、強い意志が声音に籠もっていた。

「明日より張り込む相手を変える。木村と真野、新九郎と十四郎は御堂玄蕃を張り込んでくれ。柴田は枡田屋近辺を歩きまわり、抜け道の出口がどこにあるか探し出してくれ」

一同が無言でうなずいた。

三

松平余一郎は稽古をするべく、木刀を手に御堂玄蕃の住まう長屋を訪ねた。不在だった。立ち去りかねていたら、村居栄二郎がもどってきた。

「玄蕃の行く先を知らぬか」

問いかけると、

「さきほど屋敷の方へ向かわれたのを見かけましたが」

と応えた。行き先までは知らないようだった。

松平余一郎はとにかく屋敷へもどることにした。

（おそらく母上に呼び出されたのだろう）

松平余一郎は、このところお藤の方と御堂玄蕃の間が、しっくりいっていないことに気がついていた。

余一郎自身、血肉を分けた母であるにもかかわらず、お藤の方が苦手だった。何かというと父を引き合いに出し、

「おまえさまは九代将軍家重さまの子。末は大名になる身。くれぐれも勉学と剣の修行に励みなされ」

といいつづけた。物心ついてからというもの、母らしいいたわりや慈しみに溢れたことばを聞いた覚えはなかった。

（おれは大名などにはなりたくない。このまま剣の修行に明け暮れる暮らしが、気楽でいい）

と心底おもっていた。

お藤の方が、

「大名にするためには、どんな苦労もいといませぬ。たとえこの手が泥にまみれようと、おまえさまを日の当たる場所へ送り出してみせます」

と熱に浮かされたように言いつのるときは、真剣に聞き入る、生真面目な様子を装って、話が終わるのを待った。

一年ほど前のことである。

「将軍家の血筋にある者が、五千石ではあまりにも微禄。加増を望みまする」

お藤の方が老中筆頭・松平定信に強談判したことがあった。

「幕府の財政は逼迫《ひっぱく》しております。五千石を減ずる恐れこそあれ、加増などとんでもない話」

と、にべもなく断られた。あげく、

「お方さまにはなぜ髪を下ろされませぬ。尼となられて俗世との縁を絶たれ、経文など唱えてこころ静かに余生を送られるがよろしいか、と。余一郎君を大名に、と老中職にある大名たちを訪ねては、さまざまな画策をなされている、との風聞が洩れ聞こえてまいります。身をお慎みなされませ」

と厳しいことばを浴びせられた。

屋敷にもどったお藤の方は、余一郎を呼び、

「松平定信め、許さぬ。家重さまの寵愛を受け、子までなしたわらわに意見するとは身の程知らずもはなはだしい。余一郎、母が辱《はずかし》められたは、そちが辱められたと同じぞ。この恨み、決して忘れてはならぬ」

と何度も何度も繰り返した。松平余一郎は五千石の禄高に不満はなかった。剣に励み、書に親しむ。そのことさえつづけられれば、何の文句もなかった。剣も書も、余一郎の興味をおおいにかきたて、さらなる精進の気を湧きたたせた。

お藤の方は、

「そろそろ側女など侍らせてはどうか。旗本の子女などで、気に入った者があれば直接申し入れるがよろしかろう。断られたら無礼討ちに処せばよい。おまえさまは九代将軍家重さまのお子じゃ。そのくらいのことをしても、だれも咎めはせぬ。おまえさまは、男としておとなしすぎるのじゃ」

などといい、さらに、

「力じゃ。みせつけ、誇示せねば、力は認めてもらえぬ。乱暴すぎるくらいでちょうどいい。力あるものが勝ち残るのじゃ」

と何度も繰り返した。

いつのまにか余一郎もその気になっていた。道場破りに出向いては、町道場主を叩き伏せた。どういうわけか女だけは苦手だった。御堂玄蕃につれられて悪所に出向き、金で女を買った。が、剣や学問ほどおもしろいとはおもわなかった。

（玄蕃のいうとおりだ。剣や学問は修行すれば、たとえ亀の歩みに似たすすみ具合でも必ず身につく。上達したとわかったときの喜びは何ものにも代え難い）

いつしか、お藤の方が、

「気に入った女はみつかったかえ」

と問いかけたときだけ、側女漁《あさ》りに出かけるようになっていた。

廊下を歩きながら、余一郎はずっと抱きつづけてきた疑念を、おもいおこしていた。松平定信に拝領高の加増を断られたにもかかわらず、内所は以前より豊かになっている。お藤の方の金遣いも、目立って荒くなっていた。

（そういえば、母上が玄蕃と何ごとか密談を重ねていたが、そのことと暮らし向きがよくなったこととかかわりがあるのだろうか）

家臣の数も、この一年で五人ほど増えている。いずれも御堂玄蕃が推挙した者たちであった。新規召し抱えの人選も屋敷の切り盛りも、すべてお藤の方が御堂玄蕃に命じて、やらせている。側役筆頭とはいいながら、実態は大名家における筆頭家老ともいうべき働きをしているのが、御堂玄蕃であった。

松平余一郎は、足を止めた。お藤の方が甲高い声をあげている。耳をすませた。話の中身はよく聞き取れなかった。

声は離れのほうから聞こえていた。近寄った余一郎は、お藤の方の居丈高な口調に眉を顰めた。忍び足でさらに近づき、腰付障子の傍らに片膝をついてなかの様子をうかがった。


離れの座敷では床の間を背に、お藤の方が坐っていた。その前に御堂玄蕃が控えている。

「御堂、こんどは七人もの剣客が結城蔵人に倒されたというではないか。そばにいながら、なぜ剣客たちの助勢をせぬ。そちひとりが生きながらえるとは、卑怯であろう」

「卑怯？　拙者が卑怯でござるか」

「そうであろうが。味方である、わらわが雇った町道場の剣客たちを、みすみす見殺しにして、卑怯でなくてなんじゃ」

「お方さまにおいては、拙者が斬り死にいたすがお望みでございまするか」

「それは」

「結城蔵人を倒すためには手段を選ばず、と短筒を用意し、総勢七人でひとりに向かうを、武家の世界では何と申すか。お方さま、お教えくだされ」

「そちは、わらわを町家の出と侮《あなど》るのか」

「お方様が雇った奴ばらのなしたことこそ卑怯。多勢をもってひとりを襲う。これが卑怯でなくてなんでございましょう」

「聞かぬ。聞く耳もたぬ」

「このことが世間に洩れたら、家名に、ひいては余一郎君の御名にも傷がつきまするぞ」

「それでは第三の刺客を差し向けることをやめろと申すか。わらわのいうことが聞けぬと申すか」

「いままでは幸運にも、事が表沙汰にならずにすみ申した。それと」

「何じゃ」

「結城蔵人はこころある武士でござる。此度《こたび》のこと、あくまでも仕合、といいきっておりまするぞ」

「それがどうしたのじゃ」

「万が一、探索の手がのびるような事態に立ち至ったときは、仕合、と結城がいいきれば当家には何の傷もつきますまい」

「聞きとうない。わらわは、ただ憎いのじゃ。余一郎はわらわが腹を痛めて産んだ、ただひとりの可愛い子ぞ。その大事な宝物を木刀で打ち据えおって。許せぬ」

「それは余一郎君の未熟ゆえ。修行を積み、再び挑めば勝機もございましょう」

「わらわは三人目の刺客を差し向け、結城蔵人の息の根を止めたいのじゃ」

「なりませぬ」

「ええい、面倒な。なら頼まぬ。こんどはわらわひとりで万端手配いたす」

「それはなりませぬ」

声がかかると同時に、障子が開けられた。仁王立ちして怒りの眼を剝いた松平余一郎がそこにいた。

「母上、結城蔵人に刺客を差し向けられたのでございますか」

「それは」

「玄蕃、どうじゃ」

「ふた組、差し向けられました。いずれも結城殿の敵ではございませなんだ」

「恥知らずなことを。それこそ武門の恥ではないか」

「余一郎どの。母はおまえさまが可愛いのじゃ。だから」

「つまらぬことはお止めくだされ。玄蕃、刺客にかかわること、母上の命でも聞かぬでよい。それより稽古、所望じゃ」

手にした木刀をかかげてみせた。

「それではこれよりお相手仕る」

立ち上がろうとした御堂玄蕃にお藤の方がいった。

「まだ用はすんでおらぬ」

「母上、刺客のことはもう終わりましたぞ」

余一郎の声が尖った。

「わかっておる。別の用じゃ。用がすみ次第、稽古に向かわせる」

お藤の方の頭ごなしの物言いに、余一郎は顔面を紅潮させ、睨みつけた。ややあって、視線を御堂玄蕃にうつし、告げた。

「庭のいつもの場所で待っているぞ」

踵を返し、足音高く歩き去っていった。

「御堂、用というのはのう。余一郎を大名にするための運動資金が足りぬのじゃ。

そろそろ例の手立てをめぐらしておくれでないか」

　さっきとはうってかわった猫撫で声であった。

「お方さま、このところ浪費が過ぎるのではございませぬか。呉服屋や小間物屋、唐物《からもの》屋など着物や簪《かんざし》、装飾品などの支払いがかさんでいる。また借金が増えると御用人が愚痴《ぐち》をこぼされておいででした」

「余一郎の引き立てを頼みにいくに、着た切り雀ではみじめではないか。決してわが身の贅沢ではない。すべて余一郎のためじゃ」

　御堂玄蕃は口を噤んだ。その顔に、納得しかねる、とのおもいがみえた。

　お藤の方がことばを重ねた。

「余一郎が大名になった暁には、そちを筆頭家老にと約定しておるではないか。そろそろ例の手を」

「もはや退《ひ》き時かと」

「幕閣の重臣たちの根回しには、何かと金がかかるのじゃ。あと一度、いや二度ほど例の手を仕掛けてほしい」

「あと一度だけなら」

「二度。二度で、すべて仕上げる。そうしておくれでないか」

「二度、で終わりでございますな」

「そうじゃ」

「三度はございませぬ」

「三度目を望んだら」

「お暇《いとま》をいただきまする。御堂玄蕃、これ以上、盗っ人の上前をはねる気はございませぬ」

「盗っ人の上前をはねる、と申すか」

「まさしくその通りではございませぬか。余一郎君も、事の次第をお知りになられたら、大名になどならずともよい、とおっしゃられるはず」

「余一郎にそのこと、告げると申すか」

「成り行き次第でございまする」

「二度じゃ。二度で、よい。それ以上、望まぬ」

「すぐにでも手配仕ります」

御堂玄蕃は頭を下げた。

長屋にもどった御堂玄蕃は、書状をしたためた。念入りに封をして、文机の上に置いた。

「火付盗賊改方長官・長谷川平蔵は、稀代の捕物上手と評判の人物。あと一度でも危ういというに、二度はもつまい」

凝然と封書を見つめた。

御堂玄蕃は長屋の、とある出入口の前にいた。腰高障子を開けて、桜井征蔵《さくらいせいぞう》が顔を出した。桜井征蔵は御堂玄蕃が松平家に推挙した、かつての用心棒仲間であった。いまは腹心の者といってもよい存在だった。

御堂玄蕃は懐から封書を出した。それを見て、桜井征蔵が眉を顰めた。

「またやるのか」

「お方さまのたっての望みだ。例のところにこの封書を届けてくれ」

「そろそろ御上の手が回るのではないか」

「わかっている。これを最後とする気でいる」

「そうした方がいい。いつもの連中も手配するのだな」

「頼む」

「わかった」

桜井征蔵は封書を受け取り、懐に入れた。

桜井征蔵が、表門にしつらえられた潜門《くぐりもん》から出てきた。懐手《ふところで》をして肩を揺すって歩いていく。痰《たん》でもからむのか何度も唾を吐きすてた。羽織袴の出で立ちでなければ、やくざの用心棒と変わらぬ、破落戸めいた雰囲気が、躰全体から滲み出ていた。表門を見張れるところに立つ、巨木の蔭で張込みをしていた木村又次郎は、首を傾げた。

(将軍家の御血筋に仕える者とはおもえぬ。あまりにも崩れきった身のこなし。いままでどのような暮らしをしてきたのであろうか)

不審の念が尾行を思いたたせた。身を起こしかけたとき、

「御堂玄蕃ひとりを張り込めばよい」

との蔵人のことばが脳裡をよぎった。木村又次郎は、浮かした腰を再び古木の根に下ろした。表門を見つめる。門扉は固く閉ざされていた。

鳥の囀《さえず》りがきこえる。木村又次郎の躰を包むように、柔らかな陽射しが降り注いでいた。瞼《まぶた》がとろけて、目を瞑《つむ》りそうになる。

頭がぐらりと揺れた。その動きが、木村又次郎の目を覚まさせた。わずかの間

だったが、眠っていたのはたしかだった。懸命に目を瞠《みは》った。長くはもたなかった。たおやかな陽光の暖かさに負けて、いつのまにか、まどろんでいた。

どこぞの寺が打ち鳴らす鐘の音が、木村又次郎を目覚めさせた。陽はすでに傾きかけている。

（また眠ってしまった。不覚……）

木村又次郎は慌てて、立ち上がろうとした。鐘は夕七つ（午後四時）を告げていた。かれこれ半刻（一時間）近く、居眠りしていたことになる。

木村又次郎は強く太腿をつねった。痛みが意識を覚醒させた。

（万が一、御堂玄蕃が出かけたとしたらとんだ失態……が、仕方あるまい。そのときはそのときのこと）

そう腹をくくって、再び表門に目を据えたとき、若い侍と武家娘のふたりが、歩いてきた。立ち止まり、屋敷内を眺める。木村又次郎はそのふたりづれをどこかで見かけた気がした。記憶をたどった。

（そうだ。昼前にやってきて、何度も立ち止まって、屋敷をうかがう素振りを繰り返していたふたり連れだ。何者？）

張り込んでいたのが大林多聞だったら、そのふたり連れが、松平余一郎を仇と狙う奥田佐和と周次郎姉弟だと、即座にわかったはずである。が、木村又次郎は姉弟とは面識がなかった。ただ首を傾げただけであった。歩き去るふたりの後ろ姿が遠ざかるにつれて興味は失せていった。

木村又次郎は、表門に眼をもどし、一心に凝視しつづけた。

四

翌日、陽射しが西空に傾きかけたころ、張り込む木村又次郎の前に、男と女のふたり連れが姿を見せた。昼前にも様子をうかがいに来ていた。そのときと同じように、何度か足を止めては屋敷のなかをうかがう。動きからみて、探索に不慣れなのはあきらかだった。

昨夜四つ（午後十時）近くに、肩を揺すって歩く癖の家臣が、帰ってきた以外は人の出入りはなかった、と張込みにあたっていた安積新九郎から、引き継ぎを受けている。

（どうやら御堂玄蕃は出かけていなかったらしい）

不覚にも、うたた寝をしたために見落としたのではないか、との不安にとらわれていた木村又次郎は、安堵に胸をなで下ろしたものだった。

それだけに今日は気合いが入っていた。が、人の出入りはなかった。朝から見張っていて、現れたのはふたり連れの若い男女だけだった。

木村がふたりから表門に眼をうつしたとき、潜門が開けられた。凝然と見つめる。ゆったりと姿を現したのは御堂玄蕃であった。通りへ出て歩きだした御堂玄蕃に気づいたふたりに、変化があった。あわてて屋敷の向かい側にある雑木林に飛び込んで身を隠した。隠れたということは、ふたりは御堂玄蕃と面識があるとみるべきであった。

(あの身の隠しようでは、姿を見られたであろうに。ふたりは何のためにこの屋敷の様子をうかがうのか)

首を傾げながら、巨木の根元から立ち上がった。尾行を気づかれにくい距離に隔たったのを見計らったからだった。さりげなく通りへ出て尾けはじめる。途中でふたりとすれ違った。屋敷内に気をとられていた。通り過ぎる木村を振り向こうともしない。

(あの余裕のなさでは、いずれ屋敷の誰ぞにみつかり、咎められるに違いない。よってたかって、斬り刻まれるようなことにならねばいいが……)

気にかかって背後を振り向いた。ふたりは塀脇に立っていた。男が大刀を腰から抜き取り、塀の高さを測っていた。傍らで女が見上げている。

（忍び込むつもりか。無謀な……）

木村又次郎は目線をもどした。御堂玄蕃は悠然とした足取りで歩いていく。後ろ姿に隙がなかった。

（剣の業前は御頭と五分やもしれぬ）

胸中で唸った。

御堂玄蕃は天王寺《てんのうじ》の甍《いらか》を左に見て、歩をすすめていく。新茶屋町《しんちゃやまち》を通り抜け、総門前を右へ折れた。根津権現《ねづごんげん》の大鳥居が堀川の向こうに聳《そび》えている。大鳥居を背に宮永町《みやながちょう》の一本道をまっすぐにすすんでいった。右へ曲がる。上野へ向かう道筋であった。

木村又次郎の推測どおり、御堂玄蕃は不忍池《しのばずのいけ》沿いの通りへ出た。

不忍池は東叡山寛永寺の西の麓《ふもと》に位置していた。不忍池に沿ってつくられた、料理茶屋の板戸は開けはなたれ、早い夕餉を楽しむ客たちの姿が垣間見えた。

御堂玄蕃は池之端仲町《いけのはたなかちょう》の料理茶屋［東雲《しののめ》］に入っていった。継ぎこそあたっていないが、粗末な身なりの木村又次郎が、客として上がり込めるような格式の店ではなかった。みるからに裕福な出で立ちの商人と、どこぞの藩の江戸留守居役とみえる武士が入っていく。通りをはさんで不忍池があった。暇を持て余した浪人が、時間つぶしにぼんやりと風景を楽しんでいる様子を装うには、格好の場所といえた。

木村又次郎は、東雲の出入りを横目で見張れる位置に立つ、柳の木の根元に腰を下ろした。ほどなくがっしりした体軀《たいく》の大店《おおだな》の主人らしい、五十代後半の男と手代が東雲の前で足を止めた。東雲と記された軒行灯を見上げて、ことばをかわしている。手代に何かいいつけたようだった。主人の顔立ちは、はっきりとみえた。が、半ば後ろ向きになっている手代の様相は見極めがつかなかった。

うなずいた手代が踵をかえし、正面を向いた。露わになったその顔が木村又次郎に衝撃を与えた。堅気の手代風に擬していたが、まさしく松吉に相違なかった。

(松吉をしたがえているところをみると、大店の主人とみえるは、浮島の五郎蔵ということになりはしないか)

歩き去る松吉を、しばし見送っていた大店の主人の容姿を、瞼に焼きつけるかのように、凝然と見据えた。

「御堂玄蕃と浮島の五郎蔵らしき男が、同じ頃合いに東雲に現れた。ふたりは、誰と待ち合わせたのか……」

おもわずそう口に出していた。

小半刻（三十分）ほど過ぎたころ、松吉が戻ってきた。風呂敷包みを抱えている。土産物の菓子でも買ってきたのだろう。足を止めることなく、東雲に入っていった。

御堂玄蕃が出てきたのは、入ってから一刻（二時間）少したってからだった。つづいて現れた男たちの姿をみて、木村又次郎は、予想だにしなかった結びつきに瞠目した。男たちは浮島の五郎蔵らしい男と松吉だった。三人は東雲の前でわずかにことばをかわして、別れていった。御堂玄蕃が風呂敷包みを手に下げていた。松吉が抱えていた風呂敷包みであった。おそらく五郎蔵らしき男が、

「手土産でございます」

とでもいって渡したのであろう。木村又次郎は、浮島の五郎蔵らしき男と松吉をみやり、御堂玄蕃に視線をもどした。どちらを尾けるか迷った。御堂玄蕃は間違いなく日暮の里の松平屋敷へ帰邸するはずであった。

木村又次郎は、浮島の五郎蔵らしき男たちを尾けることにした。

ふたりは、新大橋を渡った。ゆったりとした足取りで歩いていく。ふたりが永代寺門前町に入ったとき、木村又次郎は行き着く先に気づいて、大きく舌を鳴らしたくなった。浮島の五郎蔵の盗っ人宿の枡田屋は、間近であった。

ふたりは枡田屋へ入っていった。いままでの経緯からみて、松吉たちが店から出てくることはないとおもわれた。

成果がないわけではなかった。枡田屋に入ったということは、浮島の五郎蔵らしいと推量していた男が、浮島の五郎蔵その者だと推断できるのではないのか。

（ただちに立ち帰り、御頭へ復申して指示を仰がねばならぬ）

そう判じた木村又次郎は、貞岸寺裏へ向かって足を早めた。

復申を受けた結城蔵人は、木村又次郎とともに、浅草田圃沿いの柴田源之進の住まいへ向かった。木村又次郎の住まう家も、浅草田圃に沿ってすすんで数十歩ほどのところにあった。

柴田はあてがわれた座敷で、永代寺門前町の枡田屋あたりの大判の絵図をひろげて見入っていた。枡田屋からの抜け道が奈辺にあるか、見当もつかなかった。火付盗賊改方を通じて公儀御文庫《ごぶんこ》へ出向いた柴田は、測量方がつくりあげた、詳細な江戸の切絵図を模写してきていた。切絵図には井戸を掘ってある場所や、下水の水路なども記されてあった。柴田は絵図に記された井戸のなかで水が涸《か》れたものはないか調べつづけていた。

（抜け道は空井戸を利用してつくられたのではないか）

とみていた。枡田屋からさして離れていないところにある町家に空井戸があれば、抜け道を掘ったさいに出る泥が少なくてすむ、と推察したからであった。が、懸命の探索にもかかわらず、抜け道の手がかりはまったくといっていいほどつかめていなかった。

柴田は蔵人の突然の来訪に驚いた。慌てて絵図をかたづけた。

向き合って坐った蔵人は、木村又次郎に、御堂玄蕃を尾行して枡田屋へ行き当たった経緯を語らせた。

黙って聞き入っていた柴田が、いった。

「明日にでも火付盗賊改方の役宅に出向き、浮島の五郎蔵の人相書きなど、手に入れてまいりましょう」

「明六つ半までに行けば、相田殿が長屋にいるはず。あらかじめ通知をせずとも、うまく取りはからってくれるはずだ」

そう応えた蔵人は、木村又次郎に顔を向けた。

「柴田とともに、火盗改メの役宅へ出向いてくれ。明日の張込みはおれが代わる」

木村は黙然と首肯した。


翌日の夜、蔵人と柴田源之進、木村又次郎、大林多聞の四人は、蔵人の住まいの座敷で円座を組んでいた。火盗改メの役宅の書庫に所蔵されていた、浮島の五郎蔵の調べ書きに、人相書数枚が添えられていた。借りうけたうちの一枚が、円座の真ん中に置いてあった。

その場に張りつめた緊迫があった。

蔵人が口を開いた。

「やはり浮島の五郎蔵であったか」

多聞がことばを継いだ。

「御堂玄蕃と浮島の五郎蔵。このふたりのつながり、どう見立てればよいか、見当がつきませぬな」

「が、ふたりがなにやら密談をかわしていたのは事実なのだ。どんななかみであったのか、いまのところは予測もつかぬがな」

御堂玄蕃のことばが蔵人の耳朶《じだ》を打った。

「生まれ落ちたときから、この世に見捨てられた者。生き抜くためには何でもやってきた」

蔵人は、こころのなかで呻いた。このことばのなかに謎を解く鍵が秘められていた。

（生き抜くためにはなんでもやってきた。そのころからの知り合いなのだ。浮島の五郎蔵とどういうかかわりがあるというのか）

蔵人は御堂玄蕃の歩んできた道筋におもいを馳せた。


その夜、仁七は池之端仲町の料理茶屋東雲《しののめ》の座敷にいた。悩み抜いた末、仁七は行動を起こした。昨日、枡田屋に出向き、主にいった。

「父子の対面をしたい、と松吉さんにつたえてくれねえか。明日は一日躰をあけておくんで、よろしく頼む、と」

「すぐに松吉に使いを走らせます」

と笑みで応じた。

今日、暮六つ（午後六時）の時鐘を合図とでもしたかのように、松吉が水月にやってきた。

「これから、浮島屋さんと待ち合わせるところへ案内します。支度なさってください」

手代風の出で立ちの松吉は、お苑に聞かれることを警戒してか、あくまでお店の手代を演じつづけた。仁七は急いで出かける支度をし、松吉とともに水月を出た。

東雲についた松吉は案内に出た仲居に、

「浮島屋さんが手配した座敷へ案内しておくれ」

といった。

心得顔で仲居が案内してくれた座敷は、不忍池をのぞむ二階の座敷だった。

「お頭は、お滝姐さんと一緒に別室におられます。ほどなくいらっしゃいます」

といって松吉が座敷から出ていった。

待つわずかの間、仁七はお滝とのこれまでの触れ合いを、脳裡でたどっていた。

（命乞いをしてやる価値などないのかもしれない）

そうおもった。ひとつとしていい思い出がない。

（よくもまあ、あれだけ自分勝手に生きられるもんだ。あの女がおっ母あだったばっかりに、どれほど厭なおもいをしたことか）

仁七は馬鹿馬鹿しくなった。心配するほどお滝は、自分の置かれた状況に不安を感じていないのかもしれない。もともと、いまのことしか考えられない質《たち》なのだ。その場その場をすり抜けることしか考えてこなかった女。それがお滝なのだ。命を助けてやったとしても、またすぐに住み慣れた盗っ人渡世にもどってしまうようにおもえた。

（おれは、無意味なことをやっているのだ。帰るか）

腰を浮かしかけたとき、廊下との仕切りの戸襖が開けられた。満面に笑みを浮かべたお滝が立っていた。

「仁七、よく来てくれたね。お父っさんだよ」

浮島の五郎蔵がお滝の背後から姿を現した。

「仁七かい。おれが、お父っさんだ。浮島の五郎蔵だよ」

「仁七と申しやす」

坐り直して、頭を下げた。

向かいあって坐るなり、微笑みながら浮島の五郎蔵がいった。

「すまねえ、いままでほったらかしにして。気にはなってたんだが」

「よかったね、お父っさんがみつかって」

お滝がことばを添えた。

「最初に断っておきやすが、あっしは、いまは堅気の暮らしをしておりやす。盗みを一緒にやらねえかとおっしゃられても、お受けするわけにはいきやせん」

浮島の五郎蔵の顔から笑みが消えた。お滝の顔に狼狽《ろうばい》が走った。

「仁七、そんな、四角張った物言いはないいんじゃないのかい。お父っさんだって、気を悪くするよ」

「あんたは黙ってな。堅苦しい話だから先にしとくんだ。後でしのごのいっちゃごたごたのもとになるぜ」

「また、あんただ。おっ母さんとおいい。おっ母さんと呼んでおくれよ」

「そいつは勘弁だ。あんた、おっ母あらしいこと、一度でもしたことがあるけえ」

「これだ。ほんとにかわいげのない子だよ」

お滝が苦い笑いを浮かべた。

浮島の五郎蔵が口をはさんだ。

「仁七、おめえのこころはしっかりと受け止めたぜ。なあに、おれはおめえと父子の名乗りがしてえだけだよ。向後、気やすくぶらりと水月を訪ねて、おめえの手料理を食べにいき、四方山《よもやま》話でもできる仲になりてえのさ」

「お頭」

「お頭はねえだろう。これでもお父っさんのつもりだぜ。もっとも、いきなり出てきて、お父っさんと呼べ、なんて口が裂けてもいえねえよな」

おだやかな口調だった。

（畜生盗みに明け暮れる浮島の五郎蔵とは、とてもおもえねえ）

胸中でつぶやいて、仁七はじっと浮島の五郎蔵を見つめた。

慈愛に満ちた、やさしげな視線が仁七を見つめていた。

しばしの沈黙が流れた。

浮島の五郎蔵が仁七を見やったまま、いった。

「これで父子の顔合わせは終わった。料理が得意な、仁七の口にはあわねえかもしれねえが、ここでお父っさんと、ゆるりと夕餉の膳でもかこもうじゃねえか」

「馳走になりやす」

仁七は深々と頭を下げた。

「よかった。よかったねえ。これで万々歳だ。楽しくいこうよ。ぱっと楽しくさあ」

お滝が蓮っ葉な声をあげた。


二刻（四時間）ほど後のこと。仁七と浮島の五郎蔵、お滝、松吉の四人は東雲の表にいた。軽く頭を下げて仁七が立ち去っていく。どこで弾くのか、三弦の音が風に乗って聞こえてくる。店々の行灯の灯りが不忍池に映える、夜の風情でも楽しんでいるかのような様子で、柳の木に背をもたれていた老爺が顔を上げて、その後ろ姿を見送った。老爺は無言《しじま》の吉蔵だった。

お滝が浮島の五郎蔵と松吉に別れを告げた。

二手に別れて歩きだす。見届けて、吉蔵は立ち上がった。躊躇することなくお滝の後を尾けはじめた。

（浮島の五郎蔵と松吉は飲み直し。お滝はまっすぐに隠れ家に帰るはず）

永年の盗っ人暮らしで、渡世に生きる者たちの動きが、あらかた読みとれるようになっていた。お滝のように年をとって女を売り物にできなくなった姐さんは、男が他に情婦をつくるのをかえって喜んだものだった。自分がないがしろにされないように心がけ、情婦にとってかわられないように警戒する。そのためには情婦に自分の息のかかった女をあてがうぐらいのことは、平気でやる。それが盗っ人の世界だった。

お滝はのそのそと歩いていく。背中を丸め、浮島の五郎蔵たちと一緒にいるときとは別人のような、年寄りめいた仕草になっていた。

(ひごろは精一杯若く振る舞っているんだな。昼夜ぶっつづけの芝居、さぞや疲れることだろうぜ)

お滝は肩を落とし、俯いて歩いていく。吉蔵の尾行には、まったく気づいていないようだった。

お滝が行き着いたのは、駒込片町《こまごめかたまち》の吉祥寺の裏手にある植木屋だった。このあたりには植木屋が多く、苗や幼木などを育てる広大な敷地の間に、植木職人の家々が点在していた。

お滝が入っていったのは母屋だった。隣接するかたちで、雇い人の住まいとおもわれる建物が二軒と物置小屋が建てられている。

少し遅れて吉蔵がやってきた。立木の蔭に身を置いて、様子をうかがう。

（どうやらここが隠れ家らしいな。あとは張り込んで、浮島の五郎蔵が出入りするのをたしかめるだけだ）

吉蔵は立木からそろりと離れた。植えられた木々の間を抜け、通りへ向かって歩をすすめた。

五

（やりにくい。困ったことになった）

木村又次郎は胸中で唸った。このところ、毎日のように姿を現しているふたりが昼前にやってきて雑木林のなかに身を潜めた。どうやら張り込むつもりらしい。探索になれぬぎこちない動きだった。

すでに御堂玄蕃は、あわてて隠れるふたりの姿に、眼を止めているはずであった。ふたりの未熟さの巻き添えを喰う恐れがあった。どうすべきかを思案した。張り込む場所を、ふたりからできるだけ遠く離れたところに変えるしか、手がないことにおもいいたった。気づかれぬようそろそろと雑木林のなかを移動し、ぎりぎり表門が見張れる場所で張り込むことにした。表門からみて、ふたりとは正反対のところに位置した格好になった。

昼八つ（午後二時）すぎに、表門が開いた。御堂玄蕃と桜井征蔵をしたがえた松平余一郎が出てきた。ふたりがひそんでいる方へ歩いていく。木村の張り込んでいるところからどんどん遠ざかっていく。見失う恐れもあった。焦った。が、ふたりが動き出す前に、行動を起こすわけにはいかなかった。

（ふたりを尾けるしかあるまい。尾ける相手は同じだ）

問題はふたりが尾行に失敗したときのことであった。

（そのときは、そのときのこと）

木村は腹をくくった。

御堂玄蕃は千駄木町《せんだぎちょう》の根津権現裏で足を止めた。鼻緒の具合でも悪いのか、片膝をついてあらためている。ふたりは、通りの脇にぼんやりと所在なげに立っている。木村は町家の蔭に身を隠して、様子をうかがっていた。すでに一回同じ仕草を行っている。御堂玄蕃が尾行に気づいているのはあきらかだった。迂闊な動きはできなかった。

（こうなればふたりを囮役《おとり》に、遠見を決めこむしかない）

木村は再び歩きだした御堂玄蕃たちをじっと見つめた。


松平余一郎は、不機嫌さを剝き出しにして吐きすてた。

「母上はなぜあのように、おれに側女をもたせたがるのだ。気になる女子《おなご》はありませぬか、と聞かれたから、いる、と応えたら、すぐにも側女にしなされ。大名になるまで正室は持たぬでよい。が、子を残すためにも、側女はもつべきじゃとしつこく繰り返される」

「しかし、こうやって出かけてこられる。お方さまのいうとおりになされようとする」

御堂玄蕃が抑揚のない口調でいった。何度も繰り返されてきたやりとりだった。

「いつも母上とふたりだった。母上の喜びはおれの喜びでもある。そうおもい、そう信じて生きてきた。が、このところ、それでいいのかとの迷いが生じている」

御堂玄蕃も桜井征蔵も口をはさまない。つづいて余一郎が何を語るか、わかっているからだ。

「母上は、自分の望みを押しつけようとなさっているのではないか。ほんとうはおれのことなど何一つ考えておられないのではないのか。子をおもう母の愛とは、あんなものなのか。玄蕃、どうおもう」

「幼くして父母を亡くした身。母の愛がどんなものか、わかりませせぬ」

「桜井はどうだ」

「父や母は、偉そうな口を利くただうるさいだけの者。そう感じて暮らしてきましたが、いざ亡くしてしまうと懐かしさだけが先に立って。それだけのことでございますな」

松平余一郎は黙り込んだ。答の出ぬ禅問答を問いかけられた修行僧のような、釈然とせぬ顔つきで歩いていく。めざす小普請組、旗本三百石・溝口市右衛門《みぞぐちいちえもん》の屋敷のある菊坂町《きくざかまち》までさほどの距離ではなかった。

余一郎は溝口市右衛門の娘・可奈《かな》に、好意を抱いていた。ことばを交わしたわけではない。遠目で見て、容姿に惹かれただけのことである。

余一郎が旗本の娘らを側女に、と望んで出かけていくのは、これがはじめてではない。三度ほどあったが、いずれも何度か押しかけたものの、

「ありがたきお話なれど、この儀ばかりは娘のおもいもありまする。しばしのご

猶予をいただきたい」

と当主に丁重に返答され、終わっていた。のちほど御堂玄蕃ひとりが呼び出され、

「娘に問いただしましたるところ、側女の儀、どうも決心がつきかねる様子。まことに申し訳なき次第でございまするが、なにとぞよしなに、お取りなし願いたい」

と懐紙に包んだ幾ばくかの金子を、三方《さんぼう》にのせて差し出され、当主に深々と頭を下げられたものだった。

（此度も似たような始末で終わるはず）

御堂玄蕃はそうふんでいた。

が、その見込みは大きく外れることになる。

応対に出た溝口市右衛門は嫡子・真之助《しんのすけ》を急な病にて失い、嫁と十七になる孫娘・可奈、近い将来家を継ぐことになるであろう、十三歳の真太郎《しんたろう》とともに暮らしている、齢《よわい》六十余になる、鶴のように痩せ細った白髪頭の一徹者であった。

座敷に案内され、座につくなり、

「可奈殿を側女にしたい」

と告げた松平余一郎を、金壺眼《かなつぼまなこ》を大きく見開いて見据えた溝口市右衛門は、即座にいいはなった。

「その儀、お断り申す」

「無礼であろう。余は松平余一郎。九代将軍家重の子であるぞ」

「存じております る」

いかにも頑固そうに白髪頭を振りたてて、いった。

「旗本は将軍家直参の者。臣たる者、君のためには死をもいとわず忠を尽くすべきでありましょう」

「それが武士道というものだ」

「ではお尋ねいたします。余一郎君はいつ将軍職を継がれました」

「それは」

絶句した。おもわぬ逆襲といえた。いまだかつて、このような扱いを受けたことはなかったはずであった。

御堂玄蕃は余一郎に視線を走らせた。顔面が怒りに紅潮していた。手を強く握りしめている。小刻みに震えていた。

（いかん。どこでとどめるべきか）

その時機をさぐるべく、気を注いだ。

溝口市右衛門は背筋を伸ばし、姿勢を正して、告げた。

「不肖、直参旗本・溝口市右衛門が主君と呼ぶべきお方は、十一代将軍徳川家斉様ただお一人と心得ておりまする」

「何っ」

座を蹴って松平余一郎が立ち上がったのと、

「余一郎様」

と御堂玄蕃が声をかけたのがほとんど同時だった。前にまわって、いった。

「この場は私めに」

背後に控える桜井征蔵に呼びかけた。

「桜井、余一郎様は引きあげられる。お供をせい」

「何ごとも手順をふまねばなりませぬ。まずは御堂殿におまかせあって」

桜井がそういってにじりよった。

余一郎は怒りの眼を剝き、溝口市右衛門を睨みつけている。溝口市右衛門は眼を閉じ、みじろぎひとつしなかった。

「余一郎様」

御堂玄蕃が一膝迫った。

「わかった。まかせる。桜井、帰るぞ」

足音高く立ち去っていく。桜井が後につづいた。

溝口市右衛門が眼を見開いて、いった。

「側女の儀ならば、すでに返答いたした。こころが変わることはない」

廊下を曲がり余一郎の姿が消えたのを見届け、告げた。

「お騒がせいたした。御免」

頭を下げた御堂玄蕃は、ゆっくりと立ち上がった。

溝口市右衛門の屋敷から出てきた松平余一郎の前に、立ちふさがる者がいた。

真白な鉢巻を締め、襷《たすき》をかけた奥田佐和と周次郎の姉弟だった。

刀を抜きはなって、声を荒らげた。

「奥田周次郎だ。兄の仇、討たずにはおかん」

懐剣を構えて、見据えた。

「同じく奥田佐和」

「奥田？　あの未熟な道場主の身内の者か。仇呼ばわり片腹痛いわ。返り討ちにしてくれる」

松平余一郎は大刀をひき抜いた。

「余一郎様」

桜井が抜刀し、間に入ろうとした。

「手を出すな。おれは機嫌が悪い。憂さ晴らしにはもってこいだ」

大上段に振りかぶるや周次郎に斬りかかった。周次郎は横殴りに刀を振った。

鉄と鉄とがぶつかりあい、大きく火花が飛び散った。

力負けしたのか、不覚にも周次郎は前のめりによろけた。その虚をついて、刀を叩きつけようとした余一郎に佐和が突きかかった。身をひねって紙一重の差で危うく懐剣をかわした余一郎は、佐和の手を摑み、腕を肘で押さえ込んだ。

「憎いか、おれが」

「おのれ、兄の仇。離せ」

身悶えて、逃れようとした。が、余一郎は微動だにしなかった。

「今一度聞く。おれが憎いか」

「憎い」

眦《まなじり》を決して睨み据えた。

余一郎が冷えた眼で見据えた。

「鬼。兄の仇」

憎悪の炎を燃え上がらせて、佐和が叫んだ。

「姉上を離せ」

周次郎が正眼に構えて、迫った。

佐和がとった行動は意外なものだった。いきなり余一郎の躰にしがみついた。

「周次郎。刺すのです。姉の躰ごと仇を刺し殺すのです。早く」

「おのれ」

「姉上」

周次郎に躊躇がみえた。

「おまえの腕では、まともに戦っては仇は討てませぬ。早く、早く突くのです。早く」

「姉上、許されい」

刀を突きだし、体当たりをするべく身構えた。動いた。

そのとき、駆け寄った黒い影が佐和の脇腹を刀の鞘で突いた。

呻いて佐和が崩れ落ちた。わずかに遅れて周次郎が突きかかる。余一郎が脇へ飛んで横薙ぎに剣を振るった。その一閃は見事に周次郎の胴を、右から左へと切り裂いていた。

「あ、ね、うえ……無念」

周次郎の躰がぐらりと揺れた。地に顔を打ちつけて倒れ伏した。

見返って、余一郎がいった。

「玄蕃、すまぬ」

「間に合ってようございました。真剣の勝負、手出しは無用かとおもいましたが、おもわぬ女の捨て身の動き。これだけは止めねばならぬと、余計なことをいたしました」

「女は屋敷へ連れて帰る」

「それは」

問いかける眼になっていた。余一郎は視線をそらして、いった。

「何やら気にかかるふしもある。問いただしたい」

「それでは」

近寄った桜井征蔵が、気を失った佐和を抱きかかえようと片膝をついた。

「待て」

松平余一郎が刀を鞘におさめて、いった。

「おれが担いでいく」

「そのようなことをなされてはご身分にさわります。拙者が」

再び佐和を抱き起こそうとした桜井征蔵を、御堂玄蕃が手で制した。見つめていった。

「おこころのままになさいませ」

余一郎は無言でうなずいた。

佐和を、肩に担いで引きあげる松平余一郎と御堂玄蕃たちを、溝口市右衛門の屋敷の塀が切れたところから木村又次郎が見つめていた。

（敵討ちといっていたな。あの者の死体、かたづけてやりたいが裏の務めのさなか。このままほうっておくしかあるまい）

胸中でそうつぶやいた。

すでに骸と化した奥田周次郎が、刀を握りしめたまま、地面に横たわっている。刀身が、雲間から顔を出した陽光に照り映えて、眩しいばかりの、きらびやかな光を放っていた。

第四章　権《けん》　略《りゃく》

一

木村又次郎は、松平余一郎らが屋敷へ引きあげたのを見届け、さらに張込みをつづけた。やがて、安積新九郎がやってきた。

「敵討ちがあった」

「敵討ち？」

新九郎が鸚鵡返《おうむがえ》しに問うた。

「姉と弟らしいふたり連れであった。ここ数日、屋敷のまわりをうろうろしていたが、今日から張込みを始めてな」

「たまたま松平余一郎が出かけたわけか」

「松平余一郎の剣は殿様芸ではない。なかなかの業前だと、御頭がいっておられたが、そこらの町道場だと皆伝を授与されてもおかしくないほどの腕だ」

「のちほど詳しい話を聞かせてくれ」

張込みの場である。ふたりで長々と話しあうのははばかられた。

交代した木村は途中、蕎麦屋で夕餉を食し、多聞の診療所へ向かった。多聞は留守だった。

（おそらく御頭の住まいであろう）

木村は多聞が皆からの報告を、毎晩蔵人に復申していることを知っていた。蔵人の住まいへまわり、出入口の腰高障子ごしに声をかけた。なかからつっかえ棒をはずす音が聞こえた。

「入れ」

多聞の声だった。

座敷に坐った木村は、蔵人と多聞に復申を始めた。張込みをしていたところへ姉弟のふたり連れが現れ、にわかに張込みを始めたこと、御堂玄蕃らを供に外出した松平余一郎がとある旗本屋敷を訪ねたこと、出てきたところを、姉弟が仇呼ばわりして斬りかかり、弟は返り討ちにあい、気絶させられた姉は屋敷へ連れて行かれたことなどをかいつまんで語った。

「兄の仇と申したか」

蔵人が眉を顰《しか》めた。

「まさか奥田姉弟では」

顔を曇らせて多聞が呻いた。

「存じ寄りの方で」

木村が問いかけた。

「身共の剣の師・奥田匠太夫先生のお子たちではないか、とおもう」

多聞は木村に、奥田姉弟が松平余一郎を仇と狙うにいたった顚末を、語って聞かせた。

「……知っていれば助太刀などいたしたものを」

「やらずによかったのだ」

蔵人を、木村が訝しげに見やった。

「われらは蔭の任務についている。表沙汰になる恐れのあることには、極力首をつっこんではならぬ。それが鉄則だ」

多聞が無言でうなずいた。

「それでは武士の矜持《きょうじ》が……」

「務めを果たすが大事か、死するとも武士の矜持を保つが大事か、われらの立場ではどちらを取るべきか考えてみることだ」

「それは」

木村が口を噤んだ。

「周次郎殿の骸《むくろ》はどうなったであろうか。できれば、引き取って先生の菩提寺などに葬ってやりたいが……」

「そうしてやるがよい。明日にでも火盗改メの役宅に出向き、相田殿を通じて町奉行所へ問いあわせてもらおう。それが一番早い手立てだとおもう」

「私が火盗改メに出向きます」

「そうよな」

蔵人はそこでことばを切った。しばしの沈黙があった。

「そのほうがよいかも知れぬ。どこに骸があるかがわかったら、そのまま引き取りに行くことができる。二手に分かれて動くこともあるやもしれぬ。おれも行こう」

「こころづかい痛み入ります」

多聞が深々と頭を下げた。

蔵人が向き直って、いった。

「木村、ひきつづき御堂玄蕃を張り込んでくれ。動きがあるやもしれぬ」

「なにかありましたか」

「雪絵さんをつうじて、吉蔵からの伝言が入った。浮島の五郎蔵の隠れ家とおもわれる植木屋を見つけた。夜を中心に、張込みをつづける、ということだ」

「夜……。ということは浮島の五郎蔵が押込みでもやらかすと」

「吉蔵はそう睨んでいる。ここ数日のうちに必ずやると。盗っ人の勘だ。まず間違いはない、と」

「今日、余一郎君や御堂玄蕃と行を共にした武士が、先日の昼間外出し、その夜、帰邸しましたが、もしや浮島の五郎蔵とつなぎをとったのでは」

「おそらく、な。御堂玄蕃と浮島の五郎蔵が会ったのは翌日の夜だ」

「あ奴が夜、外出することがあったら、それは」

「押し込まれた旗本屋敷で見分した骸の切り口は、鮮やかなものであった。かなりの剣の使い手が一味に混じっているとみたが……」

「御堂玄蕃らが押込みにくわわっていると」

「当たらずといえども遠からず、であろうよ。新九郎たちには夜、外出する家来がいたら、御堂玄蕃にかかわらず尾行せよ、と命じてある」

「吉蔵が尾けている、浮島の五郎蔵一味と御堂玄蕃一味が合流するときには、新九郎と吉蔵たちも出会うことになるわけですな」

「吉蔵の勘、まず外れることはあるまい。知らせを受けて押込みの場へ駆けつけ、外で待ち伏せることはできる。が」

蔵人はことばをきった。

「押し込まれたところの家人たちの命を助けることはできぬ。御頭は、そう仰りたいのでは」

木村が応じた。

蔵人は黙然とうなずいた。

多聞が横から、いった。

「しかし、それは探索の段取り上、仕方のないこと。われらが揃って張り込むなどはなからできぬことでございます。人事を尽くす。それが、できる精一杯のことでございまする」

「人事を尽くす、か。できうるかぎり早く駆けつけ、ひとりでも多く助けるよう努める。それが見殺し同然の者たちに対する、せめてもの償《つぐな》いかもしれぬな」

蔵人は、中天に眼を据えた。

翌早朝、蔵人と多聞は新鳥越町二丁目の住まいを出た。清水門外の火付盗賊改方の役宅に着いたときに、時の鐘が明六つ（午前六時）を告げた。

物見窓を叩いて、いった。

「至急の用にて結城蔵人がまいったと、相田倫太郎殿にお取り次ぎ願いたい」

障子を開けて寝ぼけ眼《まなこ》で見やった門番は、見知った顔の者であった。

「ただちに。まずはお入りください」

障子をしめた。出入口をあけている音が聞こえた。すぐに潜門が内側から開かれた。

「相田様はまだお休みかもしれませぬ。呼んでまいります間、門番詰所にて暫時《ざんじ》お待ちください」

蔵人は無言で首肯した。

蔵人たちを接見の間に招じ入れた相田倫太郎は、話を聞き終え、首をひねった。

「昨日のことなら、まだ火盗改メには知らせはとどいていないはず。骸はまだ斬られたところの近くの辻番所にあるのではないかと」

「菊坂町の、溝口市右衛門の屋敷そばで斬り合ったときいているが」

蔵人が応じた。

「たしか菊坂台町《だいまち》に辻番所があったはず。まずはそこへ出向きますか」

「同行してくださるのか」

多聞が問いかけた。

「もちろん。身共が一緒のほうが、何かと都合よくはかどるのではありませぬか」

相田倫太郎のいうとおりだった。骸を引き取るにあたっては、いろいろと面倒な手続きをすませなければならなかった。火盗改メの同心が一緒、ということになると煩雑さが半減するというものであった。

「では出かけますか」

相田倫太郎は腰軽く立ち上がった。

「火盗改メ同心の相田さまが引取人なら、身元調べなど不要でございます。いつでもご自由に運び出してくださいまし」

辻番人はそういって腰を屈めた。

「この近くに、荷車など貸してくれるところはないか」

相田倫太郎が問うている。

ふたりのやりとりを背中で聞きながら、蔵人は仏に両手を合わせたのち、片膝をついて、土間に置かれた奥田周次郎の骸を見分していた。胴をみごとに斬り裂かれていた。

（躊躇のない切り口。松平余一郎、立ち合ったときより腕を上げたようだ）

おそらく御堂玄蕃が稽古の相手をつとめたのであろう。蔵人は、浅茅原で熊沢道場の弟子たちを斬り捨てたときの太刀捌《さば》きを思い浮かべた。その剣にはむだな動きをすべて削ぎ落とした、怜悧《れいり》な刃物をおもわせる鋭さがあった。

（まさしく、場数を踏んだ、実戦で鍛え上げた剣）

数多くの修羅場を経験してきた蔵人が、

（おれ以上に、真剣での、命のやりとりの勝負を重ねてきたに違いない）

と、迷うことなく判じたほどの剣法であった。ほんのわずかでも気取った動きをしようものなら、相手の刃がおのれの躰に食い込んでくる。それが、真剣の勝負だった。

その御堂玄蕃の指南を受けている松平余一郎の剣にも、容赦のない、厳しさがあった。

（殺人剣……）

そう感じさせる太刀筋であった。

見ると、多聞は正座して、まだ合掌していた。奥田周次郎が幼なかったころには、遊び相手になってやったこともある、といっていたことをおもいだした。

「扱いは通いでございましたが、実態は内弟子同様で、月のうち八割以上は泊り込んでおりました。先生は食い物の面倒も見てくださり、私はただただご厚意に甘え続けていた不肖の弟子でございました」

早朝、火盗改メの役宅へ向かう道すがら、そう語っていた多聞であった。

恩師の長男・荘太朗につづいて、次男・周次郎の死に向き合った心境は、いかばかりか。その胸中を推察するとき、助太刀をせぬようにすすめたおのれの判断が多聞を苦悩の淵に追いやったのではないか、とのおもいにかられていた。しかも、たったひとり残された娘・佐和は、松平余一郎の屋敷へ連れ去られているのだ。

（まず無事ではいまい。おそらく、力ずくで辱められているに違いない）

蔵人のみならず多聞もまた、そう推断しているはずであった。

どう声をかけていいか迷った。多聞が口を開いた。

「まずは奥田道場へ骸をはこびましょう。拙者が背負ってまいります。赤子のころ、おぶってやったように、道場まで、背負って」

そのときの光景をおもって、こころが高ぶったのか、多聞の語尾がくぐもって震えた。

さすがに、多数の怪我人の治療にあたってきた多聞であった。辻番人が用立ててきたさらしで、周次郎の切り裂かれた胴を何重にもきっちりと巻きあげて、固定した。

「御頭、相田殿、手を貸してくだされ。背中に周次郎殿を乗せてくだされ」

背中を向けて片膝をついた多聞の背に、蔵人と相田倫太郎が、周次郎の骸を抱き上げ、背負わせた。

立ち上がろうとして、周次郎のあまりの重さに、不覚にも多聞はよろけた。支えた蔵人に苦い笑いを向けた。

「やはり、赤子のときとは違うてござる。大きゅうなられて、重くなられて、背負い甲斐がござる」

その眼に光るものが浮いたのを、蔵人は見逃してはいなかった。気づかぬふりを装って、横を向いた。

阿部川町の奥田道場へ着くまでの間、多聞は一言もことばを発しなかった。愛《いと》おしげに周次郎を背負い、一歩一歩地を踏みしめて歩いていく。蔵人も相田倫太郎も口をきくことはなかった。黙々と歩をすすめた。

奥田道場には、年若の内弟子と老僕のふたりだけが残っていた。

「荘太朗先生がお亡くなりになって、数日もしないうちに、ほとんどの門弟衆が顔を出さなくなり、内弟子の方々もいつのまにか夜逃げ同然に出て行かれて、いまではこのありさまでございます。一時は、百人近くも門弟衆がいらっしゃったのに」

そういって、多聞の顔馴染みの老僕は目をしばたたかせた。

仏壇の前に周次郎を横たえた多聞は、内弟子に、棺桶を買いにゆかせた。

「次男・周次郎殿急逝《きゆうせい》いたし候。本日墓所に埋葬いたしたく、万事手配お願い仕り候、奥田道場門弟　大林多聞」

と書面にしたため、橋場にある菩提寺・遊泉寺に老僕を向かわせた。

多聞は、奥田匠太夫と荘太朗の位牌にしばらく手を合わせていた。蔵人、相田倫太郎は黙って坐している。

やがて棺桶を担いで、内弟子が戻ってきた。

道場にあった大八車に、周次郎の骸を入れた棺桶を積み、遊泉寺へ向かった。

読経を終えた住職が多聞に会釈をして、本堂へ向かって歩き去った。つづいて相田倫太郎が、内弟子と老僕が立ち去っていった。

多聞は新仏を葬った墓所の前に正座して、眼を閉じていた。蔵人は背後に立ち尽くしている。

(にわかにおもいたって、佐和殿の救出に出向くなどの軽率はするまいが……)

否定しきるほどの確信はなかった。そんな蔵人のこころを、見透かしたかのように多聞がいった。

「決して無謀なことはいたしませぬ。ただ、今夜一晩、周次郎殿のそばにいてやりとうござる。だれひとり見送る者もいないでは、あまりにも哀れ」

蔵人は凝然と見つめた。多聞の背があらゆる問いかけを拒んでいた。

「浮島の五郎蔵は数日のうちに必ず動く。吉蔵だけではない。おれの勘働きもそう告げている。明晩は住まいで待機していてくれ」

そういい、ゆっくりと踵を返した。

聞いてか聞かずか、多聞は身じろぎもせず、卒塔婆《そとば》と向き合っている。

二

重く垂れ込めた雲が、ただでさえ暗い夜空に、さらに黒味をくわえている。駒込片町の、吉祥寺の裏手にある植木屋の母屋には、まもなく深更九つ（午前零時）だというのに、まだ煌々《こうこう》と灯りが灯っていた。激しかった人の出入りも、いまはなくなり、泊まり込むつもりか、入っていったまま出てこない男たちは、十数人に達していた。

無言《しじま》の吉蔵は雑木の林のなかに身を潜め、様子をうかがっていた。隣りの木の根元に、身を隠した雪絵がいる。

ここ数日の張込みで、吉蔵は出入りする男たちのなかに、浮島の五郎蔵や松吉の姿を見いだしていた。お滝は、この隠れ家の差配をまかされているらしく、下働きの男たちに指示をあたえて働かせていた。

いまや吉蔵は、この植木屋こそ、浮島の五郎蔵の江戸の本拠と判じていた。この二日ほど、人の出入りが多くなっている。

（押込みは間近）

との確信が次第に高まってきた。今夜から雪絵を張込みに連れてきたのも、

（今日明日のうちに、必ずつなぎを貞岸寺裏へ走らせるときがくる）

との判断があったからだった。

「雪絵さん、引きあげるとするかね」

「しかし、まだ動きがあるかもしれません」

「夜半過ぎて、押込みを仕掛ける盗人はおるまいよ。暁七つにはお大名の行列も出立する。盗人が稼げる時間はせいぜい夜四つ半から夜八つ半までの二刻がいいところさ」

「この刻限には、ここを出かけていないと満足に盗みを仕掛けられない。そういうことですね」

「姿を見られる心配もなく引きあげることを計算に入れると、夜八つがいいところじゃねえかと、おれはおもう。今夜は動かねえとふんだのは、そこのところを

みたからさ」

「それでは押込みは」

「手下とみえる男たちが泊まり込んだところをみると、おそらく、明日の夜あたりじゃないかね」

雪絵は無言でうなずいた。

「明晩は大忙しになるだろうから、今夜は一寝入りして、躰を休めたほうがいいとおもってね。この年だ。無理がきかねえ」

「まだまだお元気です」

「そういってくれるのは雪絵さんぐらいのものさ。引きあげようよ。むだな動きは骨折り損のもとさね」

いうなり、中腰の姿勢で後退《あとずさ》りはじめた。雪絵も姿勢を低くして、つづいた。

船宿水月前の仮の住まいへ戻るなり、吉蔵は一枚の書付を書き上げた。封をすると控えている雪絵を振り向いた。

「すまないけど、この書付を朝早いうちに御頭に届けておくれ」

封書を受け取り、いった。

「明六つ（午前六時）には渡せます。その時刻は、御頭は日々の剣の練磨のさなか。確実に住まいにおられるはず」

吉蔵が微笑みで応じた。

木村又次郎と真野晋作、柴田源之進の三人は、蔵人の住まいに泊まり込んでいた。いつ吉蔵からのつなぎが来るかわからない。帯も解かずに床に入っている。隣りあう座敷で寝ている蔵人も、同様だった。寝息が聞こえてくる。どうやら木村たちは眠ったようだった。目がさえて眠れないまま、多聞のことをおもった。まだ奥田匠太夫父子の墓の前に坐り、周次郎のことをしのんでいるのだろうか。

（あの姉弟を助ける手立てはなかったのか）

おのれに問いかけてみた。よい思案は浮かばなかった。奥田道場の衰退ぶりが姉弟を敵討ちに駆り立てた、といえないこともない。

（成り行き上、誰が止めても止まらぬ、どうにもならぬことだったのだ）

とのおもいが強い。蔵人は、多聞がいつもの冷静さを失っていると感じていた。

（暴発があるやもしれぬ）

暴発。それは、松平余一郎の屋敷に潜入し、佐和を奪い返すことを意味していた。いつかはわからない。予測はあくまでも予測であった。

蔵人は、

(暴発はあくまで制止する)

と腹を固めていた。相手はなんといっても九代将軍の末子である。何度も襲撃を仕掛けられる相手ではなかった。勝負の機会は一度だけとふんでいた。

深更九つ(午前零時)の時鐘は、とっくに鳴り終わった。この時刻になっても何の知らせもないということは、

(今夜は動きがない)

ということになるのではないか。

(明日か明後日、必ず動く)

確信に似たものがあった。蔵人は、御堂玄蕃らを捕らえることで、松平余一郎を追い込むことができる、と読んでいた。将軍家の血筋を笠に着て、理不尽を押し通す。その心根が許せなかった。

結城蔵人は、徳川幕府の開祖である東照大権現・徳川家康の嫡子・岡崎信康の末裔《まつえい》であった。世が世であれば将軍職をものぞめる血筋といえた。蔵人が蔭の任務につくにあたって、結城家の家督は、姉・雅世《まさよ》の次男・武次郎《たけじろう》が継いでいる。

結城家の俸禄は七十石であった。

「二百石が旗本と御家人の石高の境目という。御家人とかわらぬ家禄だの」

かつて長谷川平蔵は、そういって苦い笑いを浮かべたものだった。御目見得《おめみえ》の格式をあたえられていることで、かろうじて旗本の面目を保ってきた、結城家であったのだ。

（血筋からいえば、八代将軍吉宗公の孫にあたる御老中・松平定信様は、おれの遠戚ということになる。が、それが何の意味を持つというのだ）

蔵人は考えることを止めた。眼を閉じる。いつしか深い眠りに誘い込まれていた。

翌早朝、蔵人は胴田貫の打ち振りを行っていた。近づいてくる者の気配があった。動きを止め、振り向く。雪絵が、貞岸寺の境内との境の雑木林から姿を現した。蔵人の姿を見いだしたか小走りで近寄ってきた。

「動きがあったのか」

声をかけた蔵人に、袂《たもと》から書状をとりだして雪絵がいった。

「この書付を御頭に届けるようにと吉蔵さんが」

書状を受け取った蔵人は封を開いた。

「浮島の五郎蔵の本拠とおもわれる、吉祥寺裏の植木屋周辺の絵図、簡略ながら役に立てば、とおもい、お届けいたします　吉蔵」

と記された書付には、本拠地周辺の絵図が描きそえられ、道の何カ所かに黒丸の標《しるし》が書き込まれていた。

（この黒丸は？）

食い入るように見つめた。ややあって、雪絵を見やった。

「浮島の五郎蔵が押し込む日の目星、吉蔵にはついているのか」

「今夜、と推測しておられます。盗っ人宿の植木屋に、多数の男たちが泊まり込みました。わたしがみても、今夜あたりかと」

「雪絵、吉蔵につたえてくれ。絵図、よくわかった、とな」

「絵図、よくわかった、と」

「ひとことも違《たが》えずつたえてくれ。頼むぞ」

「それでは」

雪絵は、踵を返した。

いつ戻ってきたのか、多聞はいつもの時刻に診療所を開き、病人や怪我人たちの診察をこなしていた。蔵人には、昼時に会いに来た。

「我儘を申しました。今日からいつもどおりにお務めにはげみまする」

姿勢を正して、そう告げた。が、蔵人は多聞のなかにある懊悩を見抜いていた。

(そのうち必ず暴発する。その日がいつか、まだ読めぬ)

木村又次郎たちが同調するのは目にみえていた。止める手立てはおもいつかなかった。

(成り行きを見極めるしかあるまい)

濡れ縁に立ち、診療所へ戻っていく多聞を見送りながら、胸中でそうつぶやいていた。

その夜、神尾十四郎は、裏門と表門前の通りを同時に見渡せる場所に身を潜め、張込みをつづけていた。時はすでに四つ(午後十時)をまわっていた。今夜も空振りか、と欠伸《あくび》をしかけたとき、通りに三つの黒い影が湧き出た。眼を瞠る。着流しの腰に大小二本の刀を差した、浪人と見紛う出で立ちの三人であった。

少し遅れて、安積新九郎が張り込んでいたところから姿を現し、尾けはじめた。

その動きからみて、前を行く三人は、松平余一郎の屋敷から出てきたものと推断された。

(どうやら今夜、押し込むつもりらしいな)

立ち上がった十四郎は、ぐるりに警戒の視線を走らせつつ、新九郎の後を追った。

無言の吉蔵と雪絵は、下谷山伏町《やまぶしちょう》の町家の蔭に身を隠した。

「雪絵さん、奴らの狙いは呉服問屋・越前屋だね。店の前で合流した浪人風の三人は、人斬りを請け負った連中だ」

「さっそく御頭につなぎを」

「その必要はなかろうよ」

雪絵が訝しげな眼差しを向けた。

「後ろを見てごらん。御頭は近くにいらっしゃる」

振り向いた雪絵の顔に驚愕が走った。町家に身を寄せて、目立たぬように歩み寄る蔵人がいた。蔵人だけではない。わずかに距離をおいて多聞に木村又次郎、柴田源之進や真野晋作の姿が見えた。

「御頭は吉祥寺の近くに張り込んでおられたのさ。伝言があったろう。絵図、よくわかった、と」

つぶやくように吉蔵がいった。

「それでは、あのときに」

「御頭は今夜の張込みを決められたのさ」

雪絵は合点し、再び視線を蔵人たちにもどした。蔵人はすぐそばに来ていた。

雪絵に視線を走らせ、吉蔵の背後で片膝をついた。

「さすがに無言の吉蔵、絵図にかかれた黒丸の標、身を潜めて張り込むには最適の場所であった」

「二つ名はご勘弁を。背中がむず痒《がゆ》くなりますんで」

「おかげで、家人や奉公人たちを見殺しにせずにすんだ。この手立てを考えついたときから気にかかっていたのだ。なんとか命を助ける方法はないかと、な」

「察しておりやした」

「多人数での長期の張込みは、敵に見つかるもと。その手はつかえぬとはなから諦めていた。此度は吉蔵が培った勘に賭けた」

「役に立って、嬉しゅうございやす。これでひとつ罪滅ぼしができやした」

「これから先はおれたちの仕事だ。決して戦いにくわわってはならぬ。おれたちにもしものことがあれば、長谷川様のもとへ駆け込み、事の次第をしらせて指示を仰げ」

「わかりやした。奴ら、段取りの話し合いがおわりそうだ。そろそろ押し込みますぜ」

「店の者などを人質にとられると、何かと面倒、押し入る前に斬り込もう」

「皆さまがお揃いになってからのほうがよろしいのでは」

雪絵が不安げな声をあげた。

「新九郎と十四郎が、この近くのどこぞに身を潜めているはずだ。おれの姿をみれば出てくる」

蔵人は不敵な笑みを浮かべた。

越前屋の店先では、浮島の五郎蔵と桜井征蔵が話し合っていた。

「お藤の方さまの御着物代がかさんで、払うのが難しくなったから今夜の押込みを仕掛けた、とおれはみている」

桜井征蔵のことばに浮島の五郎蔵が薄ら笑った。

「御堂さんも大変だ。将軍家のお手がついてお子を産んだ女かもしれねえが、質《たち》の悪いのにひっかかったもんだ」

「さすがに近頃では御堂さんも嫌気がさしてきたようだ」

「万が一のときは、逃げ込み場所として九代将軍の末子さまのお屋敷を、使わせてくれるという約束で始めたことだ。嫌気がさしたくらいで、止めるわけにはいきませんぜ」

浮島の五郎蔵が凄みをきかせていった。

「押し込む屋敷や店の絵図面を用意するのは当方だぞ。儲けは山分けでも、損得を胸算用すれば、万が一のさいの最後の隠れ家を用意してもらう五郎蔵、おまえのほうが得が多いのではないのか」

「そうですかい。おれは、そうはおもわねえがね」

桜井征蔵が皮肉な笑みを浮かべた。

ぼそりといい、

「いきますかい」

と、血走った、獣じみた目つきをした。

「いつもどおり家人、雇人たちは皆殺しにするのだ。顔を隠す必要もなかろう」

「そのとおりで」

松吉ら子分たちを振り向いた。

「野郎ども、抜かるんじゃねえぞ」

松吉らがうなずいたとき、桜井征蔵が低く、いった。

「人がくる」

「何ですって」

浮島の五郎蔵が桜井の視線の先を追った。

通りの真ん中を悠然と蔵人が歩いてくる。浮島の五郎蔵一味の姿は、とらえているはずであった。が、その動きには毛ほどの動揺もみられなかった。

「先に血祭りに上げなきゃならねえ野郎が現れましたぜ」

「余計な手間をかけさせおって」

舌を鳴らして、桜井征蔵が刀を抜きはなった。背後に控える浪人たちも抜きつれる。浮島の五郎蔵一味も長脇差や匕首《あいくち》などを手に身構えた。

蔵人はさらに歩みをすすめた。

三

「こっちにも、いるぞ」

松吉が声をあげた。浮島の五郎蔵が振り向く。挟み撃ちするように新九郎と十四郎が闇のなかから姿を現した。刀の鯉口を切りながら、迫る。

「動きを探ってやがったのか」

浮島の五郎蔵が呻いた。

眼を凝らして桜井征蔵がいった。

「きさまは、奥田道場で余一郎君を打ちのめした結城蔵人」

蔵人が、胴田貫を抜きはなって、告げた。

「しつこく刺客を差し向けられるので、こちらから攻撃をしかけようと、仲間と一緒に屋敷を張り込んでいたのだ。まさか盗っ人と手を組んでいたとはな。捕らえて、奉行所へ突きだしてやる」

「五郎蔵、ここはおれたちが引き受ける。きさまらは逃げろ。捕らえられたら厄介なことになる」

「御家に傷がつくということですかい」

「そういうことだ。それと、奴は強い。おれたちでもやられるかもしれん」

「それほどの、腕ですかい」

「おそらく仲間たちも、な」

「……遠慮なく、引きあげさせてもらいますぜ」

「早くしろ、また仲間が増えた」

浮島の五郎蔵は瞠目した。蔵人の背後の闇から浮き出たように、刀を抜きはなった男たちが駆け寄ってきた。

「後ろのふたり組のほうへ逃げるのだ。おれたちも、そっちへ斬って出る」

「そうしやす。みんな、ふたりのほうへ一斉に走るんだ。突破したら、ばらばらに散らばって逃げろ。落ち行く先は、いいな、わかっているな」

松吉らが眼をぎらつかせて、首肯した。

「ゆくぞ」

桜井征蔵が刀を握りなおした。一振りする。それを合図に一塊りとなって新九郎らに向かって走った。

「しまった」

うめいた蔵人が、追って、走った。

新九郎と十四郎は、浮島の五郎蔵一味のおもいがけぬ動きに、わずかに動揺を見せた。その分、対応が遅れた。新九郎ですら、大刀を叩きつけてくる桜井征蔵の攻撃を鎬《しのぎ》ではじき返すのが精一杯だった。ましてや、ふたりがかりで斬りかかられた十四郎は横っ飛びに逃れて身をかわすのが、できる唯一のことだった。斬り結びながら逃げ去っていく、浮島の五郎蔵や松吉ら一味の者たちを、横目で見て切歯扼腕するしかないふたりだった。

蔵人が駆けより、ひとりに斬りかかった。ひとり対ひとりの勝負となった。多聞たちが駆けつけた。桜井たちへ斬りかかろうとするのへ、蔵人の声がかかった。

「ここは三人で十分。浮島の五郎蔵一味を追え。ひとりでもよい。捕らえるのだ」

うなずいた多聞らが一味を追った。

蔵人のことばに桜井征蔵が反応した。

「逃げたのが浮島の五郎蔵一味と知っているとは、きさまら、公儀の犬か」

「裏火盗。支配違いにかかわりなく悪を退治する組織としれ」

「おのれ。逃げのびてみせる」

刀を振り回し、新九郎に斬ってかかった。その刃を横合いから蔵人が受けた。

「こやつはおれが引き受ける。残るふたりを十四郎とともに斬れ。捕らえるには手強い相手。容赦はいらぬ」

「承知」

新九郎が蔵人の相手をしていた浪人風に向かった。激しく斬り結ぶ。十四郎が、別のひとりに足ばらいをかけられ倒れた。新九郎が横に飛んで、別のひとりに鋭い一太刀を浴びせた。別のひとりが鎬で弾いて、後ろへ飛んだ。浪人風が新九郎を追って、突きをくれた。横転して逃れた新九郎をかばって、十四郎が起きあがりざまの逆袈裟の一撃をくわえる。その攻撃を避けきれず、浪人風が脇腹を切り裂かれた。よろける。が、浅傷《あさで》らしく踏みとどまって、刀を下段に構えなおした。

上段に構えた桜井征蔵と正眼に構えて対峙しながら、蔵人は眼の端で新九郎らの戦いぶりをとらえていた。

(押込みで家人らを殺戮《さつりく》したのは、やはりこやつらか)

蔵人は半歩前へ出た。相手の出方をみるための動きだった。桜井征蔵は動かない。

(踏み込めば両断できる間合いを計っているのだ。隙のない構えから判じて、か

なりの使い手。三人のなかでは一番の腕)

蔵人は、鞍馬古流につたわる秘剣［花舞《はなまい》の太刀］は、決して使うまいと決めていた。万が一にも逃がすことがあったら、太刀筋を御堂玄蕃につたえるに違いない。御堂玄蕃なら、花舞の太刀を封じる手立てを講ずるはずであった。手の内を読まれて戦うほど不利なことはなかった。

蔵人はさらに一歩迫った。桜井征蔵はぴくりとも動かない。待ちの体勢にあるのはあきらかだった。この斬り合いに長い時間をかける気はなかった。一気に勝負をつけるために選んだ手は、突きからの返し技であった。

地を蹴った蔵人は、喉もとへ向かって太刀を突きだした。右横に飛んで避けようとした桜井征蔵の左脇腹に、返した胴田貫の刃先が食い込んだ。右脇腹へと断ち切られた桜井征蔵が血飛沫をあげてのけぞった。蹈鞴《たたら》をふむ。その喉もとへ胴田貫が突き立てられた。激しく痙攣し、抜き取られる胴田貫に引きずられるように、前のめりに倒れた。

蔵人は見向きもせず、十四郎と鍔迫り合いしている、別のひとりの背後にせまった。その背に袈裟懸けの一撃をくわえた。背中が着物ごと切り裂かれた。

「背中から斬るとは、卑怯」

振り向きながら、うめいた。

攻撃を避けるべく跳び下がった蔵人が、胴田貫を八双に構えて、ひややかに告げた。

「これは剣の勝負ではない。ただの、殺し合いだ。命のやりとりに卑怯もくそもない。あるのは生きるか死ぬか、ただそれだけだ」

よろけた別のひとりを、十四郎が袈裟懸けに斬り捨てた。

視線をうつすと、新九郎が上段から幹竹割《からたけわり》に浪人風を倒したのが見えた。

十四郎が、問うた。

「追いますか」

「むだなことだ。雲を霞と逃げ去ったであろうよ」

駆け寄った新九郎がいった。

「奴らの本拠がわかっているのであれば、そこへ出向き、待ち伏せるのも一手かと」

「おそらく戻っては来まい。松平家の屋敷から尾けて来たかのように装ったが、多聞さんたちがやってきたのは本拠からの道筋だ。浮島の五郎蔵、抜け目のない男とみた。おれの駆け引きなど通用せぬ」

蔵人はそこでことばをきった。ふたりをみやって、いった。

「とりあえず、おれの住まいに引きあげよう。みんなもそこへ引きあげてくるはずだ」

一振りして血を払い、胴田貫を鞘におさめた。


貞岸寺の修行僧が撞《つ》く、明六つ（午前六時）の鐘が朝の冷気を震わせている。

蔵人の住まいの座敷には、大林多聞、木村又次郎、柴田源之進、真野晋作、安積新九郎、神尾十四郎、少し離れて末座に雪絵が坐していた。吉蔵は、

「仁七に呼び出しがかかるかもしれねえ。かかったら、厄介なことがおきるかもしれねえな」

といい、水月の前の仮宅へもどり、代わりに雪絵を寄越したのだった。

厄介なこと、とは仁七の命にかかわること、と蔵人は推断していた。

吉蔵と雪絵は、吉祥寺裏の植木屋へ、浮島の五郎蔵一味がひきあげてくるかもしれない、とおもい、急ぎ戻って、張り込んだ。が、ひとりたりとも戻ってこない。

「別の盗っ人宿に本拠をうつしたのかもしれねえ」

吉蔵はそういい、雪絵を復申のため、貞岸寺裏へ走らせたのだった。

多聞をはじめ木村又次郎たちの追跡も、失敗に終わっていた。松吉ら一味の者たちは、曲がり角があるたびに二手、あるいは三手に分かれて逃げ去った。しつこく追っていった木村などは、段取りを打ち合わせたのか、入れ替わり立ち替わりに現れては逃げる三人の盗っ人に翻弄され、ついには道に迷い、見失ってしまった。

「同じような町並みの通りを走り回らされ、疲れ果ててしまいました」

木村は面目なさそうに頭を下げた。多聞たちも似たようなものだった。

「仁七は何をしているのですか。このところ姿をみせないが」

多聞がおもいだしたように、いった。

「松吉の探索の成果が出るまでは復申に及ばず、とつたえてある。まだ手がかりのひとつもつかめていないのであろう」

蔵人が応じた。

「浮島の五郎蔵一味の本拠はどこかに移る。手がかりはない。八方ふさがりとは、まさにこのことですね」

晋作が溜息まじりにつぶやいた。

「枡田屋の抜け穴の出口が近辺にあるやもしれぬ、と推量して、井戸工事の有無などを調べましたが、どうもうまくすすみませぬ」

柴田源之進が誰に聞かせるともなく、ぼそりといった。

聞き咎めて、蔵人が問うた。

「井戸工事の有無といったが、新たに掘られた井戸があるのか」

「三軒があらたに井戸を掘っております。しかし、枡田屋とは通りを隔てておりますし、かなり離れているかと。出向いて見分したところ、小さな町家が建ちならぶ一画。なかに入るわけにもいかずで」

首を捻った蔵人は、しばし、黙り込んだ。柴田を見やって、いった。

「井戸を掘った町家と、枡田屋が描かれた絵図を揃えてくれ。何かつかめるかもしれぬ」

「住まいに絵図の写しが保管してあります。いまから戻って」

「いや、今日中に届けてくれればよい」

一同を見渡した。

「新九郎、十四郎、木村と晋作は昼の張込みから夜の探索へと働きづめで、一睡もしておらぬ、すまぬが今日より昼の張込みへ代わってくれ。昨日の今日、なにやら動きがあるかもしれぬ」

新九郎と十四郎が黙ってうなずいた。

「あとの者は眠ってくれ。雪絵さんは仮宅へもどって、吉蔵とのつなぎを頼む。それと、仁七に明日にでもおれが訪ねていく、とつたえておいてくれ」

「かならず」

雪絵が低く応じた。


吉蔵は仁七の後を尾けていた。松吉が迎えに来たのは、昼八つ（午後二時）過ぎのことだった。

松吉の顔に剣呑《けんのん》なものがあった。

（仁七は疑われている……）

尾行をはじめてほどなく、吉蔵は、予感が現実に変わったことをさとった。仁七たちを尾ける者の有無をたしかめるためか、行く先々の曲がり角に、見張りの男たちが配置されていた。吉蔵がそのことに気づいたのは、ふたつ目の曲がり角を曲がったときだった。吉蔵は背中に視線を感じた。草履の鼻緒の不具合をなおすふりをしてしゃがみ込み、さりげなく視線を走らせた。

いた。

ふたりの男が立ち止まり、立ち話をしている。吉蔵は、素知らぬふりをして立ち上がった。さらに、仁七たちを尾けつづけた。

三つ目の曲がり角を曲がって少し行った吉蔵は、再びしゃがみ込み、草履を手にして鼻緒の具合をととのえるふりをした。ふたつ目の曲がり角にいた男の片割れが、立ち止まって新たに現れた男と立ち話をしていた。

（引き継ぎをしているのだ）

吉蔵はそう推断した。これ以上の尾行は危険だ、と永年の盗っ人暮らしで培った勘が告げていた。歩き出し、ひとつ目の路地を左へ折れた。天水桶《てんすいおけ》の蔭に身を潜め、様子をうかがう。立ち話をしていた男たちが路地口に立ち、ぐるりを見渡した。あきらかに吉蔵がどこに消えたか、探っていた。ふたりは路地口から通りへ戻った。

吉蔵はそのまま身を潜めていた。立ち去ったとみせかけるなど、いわば常套手段であった。しばらくして、再び男たちが路地口に姿を現した。ぐるりを見渡す。諦めきれない様子で立ち尽くしている。これ以上、尾行をつづけることは仁七をさらなる危険においこむことになる。吉蔵は尾行を諦めた。ふたりが立ち去ったのを見極めて、路地から路地へとわざと道筋を違えてすすんだ。万が一尾行されても、暇な隠居が町歩きを楽しんでいる風を装って、時々立ち止まり、茶店があれば立ち寄って茶を飲んだ。尾行がないことを確信した吉蔵は、水月前の仮宅に向かった。

（仁七が帰ってきたら、どこへ連れて行かれたか、問いただされねばなるまい。はたして仁七が喋るだろうか）

おのれに問いかけた。答は否《いな》であった。足が重い、と感じた。いままでになかったことであった。それが、尾行をはじめてしくじったことにたいする、こころの疲れが生みだしたものだとさとったとき、衝撃が躰の奥底から噴きあげた。

（おれも、老いた）

苦い笑いが浮いた。次第に増してくる重みに足を引きずりながら、吉蔵は歩きつづけた。

「仁七、てめえ、だれかに尾けられたんじゃねえのか。池之端仲町の料理茶屋東雲にきたときによ」

浮島の五郎蔵が、仁七の顔を見るなり尖った声を出した。そばに控えるお滝がおろおろと口を出した。

「五郎蔵さん、そのいいかたは何だよ。仁七はおまえさんのたったひとりの子だろう。咎めるにしてもいいようがあるじゃないか」

「おめえは黙っていろ」

「黙らないよ。あの日は松吉も一緒だったじゃないか。松吉に聞いたらどうだい。松吉、尾行されたのかい」

「いえ。あっしは気づきませんでした」

首を竦《すく》め、上目遣いに応えた。

仁七が問うた。

「大層な剣幕だが、何か、あったのかい」

「待ち伏せされたのよ。押し込む大店の前でな」

「それでおれのことを……疑るにもほどがあるぜ。裏切る気ならとっくの昔に奉行所に駆け込んでるぜ」

口とは裏腹に、尾行したのは吉蔵だと推量していた。

(さすがに無言のお頭だ。気配のひとつも感じなかった)

内心舌を巻きながら、素知らぬ顔でつづけた。

「待ち伏せした相手に心当たりはないのかい」

「仲間が知っている二本差だった。結城蔵人とかいう名だったが」

仁七はおもわず声をあげそうになった。懸命に押し殺した。蛇に似た五郎蔵の眼が注がれているのに気づいたからだった。

仁七は、枡田屋の奥座敷の床の間に掛けられた掛け軸の後ろにつくられた、秘密の入口から地下道を抜けて、この座敷にたどりついていた。地下道は、妾宅を思わせる、瀟洒《しょうしゃ》なつくりの家の中庭にある井戸へ通じていた。枡田屋からはそれほどの距離ではなかった。この町家が浮島の五郎蔵の盗っ人宿のひとつであることはたしかだった。が、ここがどこなのか、皆目見当がつかなかった。

「悪かったな。おれも気がたってるんだ」

浮島の五郎蔵の猫撫で声で、仁七は現実に引き戻された。

「わかってもらえりゃそれでいいんで」

仁七が応じた。

そのあと小半刻（三十分）ほど、他愛のない四方山話をかわした。

「悪いがいろいろと後始末があるんでな。今日のところは、これでお開きとしよう。松吉、枡田屋まで送ってやんな。抜け道を使うんだぞ」

抜け道を使うことで、この家がどこにあるか、わからないままにしておこうという五郎蔵の目論見《もくろみ》が仁七にはよくわかった。

井戸の側《そば》まで見送ってきたお滝が、別れ際にいった。

「今日もおっ母さんと呼んでくれなかったね。いつになったら、おっ母さんといってくれるんだい」

仁七が冷えた眼を向けた。

「あんたをそう呼ぶことは金輪際ないだろうぜ」

「そのうち呼んでおくれよ、おっ母さんと。後生だからさあ」

お滝が微笑んだ。仁七には、涙を押し隠した、泣き笑いのようにみえた。込み上げてきた哀れみに似たおもいに、こころが疼《うず》いた。

（いま、おれと一緒にここを出よう。そうしな。それが、あんたのためだ）

こころでいったことをことばにしようと身構えたとき、松吉がいった。

「行こうぜ。御頭の手伝いでおれも何かと忙しいんだ」

仁七は、お滝に視線を走らせ、井戸のなかに取りつけられた梯子に足をかけた。

四

堀川をはさんで、西本願寺が勢威を誇って聳え立っていた。築地《つきじ》の白河藩下屋敷に定信はいる。庭からは、かつて将軍家の御狩場であった濱御殿《はまごてん》の豪壮な甍《いらか》が緑波ともみまがう、庭木の狭間《はざま》から仰ぎ見られ、晴れた日には紺碧に映《は》える江戸湾が望めた。

雲ひとつない空の蒼《あお》さと海の碧《あお》さが、はるか水平線の彼方で、鮮やかに一線を画していた。

松平定信は、なだらかな丘の上に建つ四阿《あずまや》の外にあって、陶然とした眼差しで江戸湾を眺めている。

「まさしく命の洗濯じゃ。こうして海を眺めていると、世事のうっとうしさを忘れられる」

つぶやいて、ゆっくりと振り返った。片膝をついて控えている武士がいた。その場にいるはずのない者だった。松平余一郎に仕える村居栄二郎であった。

「一昨夜遅く、着流しの浪人と見紛う風体《ふうてい》で出かけました、桜井征蔵ら三名の側役が帰りませぬ。家財道具などそのままで逐電した様子も、理由もございませぬ」

「さぞ屋敷内では騒ぎ立てたであろう」

「御用人は『何やら異変があったのかもしれぬ。しかるべき筋へ届け出て探索してもらおう』と右往左往なされましたが、側役筆頭の御堂玄蕃様が『身共が命じたこと。隠密の務めゆえいつ帰るかわからぬ』と申され」

「騒ぎは鎮まったか」

「は。それにしても、次々と辻褄《つじつま》のあわぬ話が出てくるお屋敷で」

「五千石では不足、とお藤の方が拝領高の加増を強硬に申し入れてこられた。断固拒否したが、その後、三日にあげず来られていたのが、ぷつりと姿を現さなくなった。何かあるとおもって、そちを間者として送り込んで一年近くになる」

「お藤の方の浪費は、ますます激しくなっております。とても五千石の禄高ではできぬ、派手な暮らしぶり。余一郎君の粗暴も尋常ではございませぬ。一刀流の奥田道場の主を木刀で突き殺し、敵討ちを仕掛けてきた弟を返り討ちにし、姉を捕らえて軟禁、凌辱を繰り返しておられまする」

「……困ったものだ。九代・家重様の末子ゆえ軽はずみに処断もできぬ。出自の卑しさゆえか、お藤の方のやることなすこと、武家の作法からはずれておる。九代様も数度ほど床を共にされたが、以後は口を利くのも煩わしい、と嫌っておられたそうな」

「おのれの考えをいいつのり、押しつけることしかできぬお方だと、もっぱらの噂。一度でもかかわりをもたれた人たちは辟易《へきえき》して、異口同音に、二度とつきあいたくない、といわれているそうでございます」

「身分卑しき暮らししかしらぬ身が、にわかに九代様の手がつき、お子までなしての急な立身。大奥では虚勢を張るが精一杯の暮らしぶりであったはず。九代様逝去のあと、五千石と屋敷を与えられ、体よくお城から放逐された身だと、いまだに気づいておられぬのだ」

「いかがいたしましょうか」

「もう少し様子を見るしかあるまい。それにしても、お藤の方の恥知らずな動きにはただ困惑あるのみだ。幕閣の重臣たちを前触れもなく訪ねられては、余一郎君を大名にするよう後押ししてくれ、と頼まれておられるそうな。判で押したように、菓子の下に小判を百枚ほど敷きつめた菓子折が土産物だという」

「その金をどうやってつくりだしておられるのか、謎でございます」

「いやはや頭が痛いことだ」

定信は、大儀そうに大きな溜息をついた。

夕刻、上屋敷の役宅に戻った定信は一通の書状をしたためた。近習を呼び、告げた。

「火付盗賊改方の役宅まで出向き、長谷川にこの書状を渡してくれ」

書状を託された近習は、半刻のちには火盗改メの役宅を訪れていた。平蔵は、ちょうど石川島人足寄場より帰ったところであった。

手渡された書状を読み終えた平蔵は、使いの者に告げた。

「委細承知仕りました、と御老中におつたえください」

式台まで出て、使いの者を見送った平蔵は、控えていた小者に、

「相田を呼べ。おらぬときは小柴でもよい」

と命じた。

相田倫太郎は長屋にいた。呼び出しと聞き、そそくさと駆けつけた。

平蔵は文机に向かっていた。手をついた相田の姿を見るなり、いった。

「すまぬがこの封書を結城へとどけてくれ。留守のときは、帰るまで待て」

「泊まり込む覚悟でいってまいります」

神妙な顔つきで、相田倫太郎が応じた。


結城蔵人は、船宿水月の船着場にいた。仁七が傍らにいる。中天に輝く上弦の月が、神田川の水面に映って、微かな波紋に揺らいでいた。ふたりは川面を見つめて、立っている。

「そうか。まだ松吉の手がかりはつかめぬか」

「とんだどじつづきで、申し訳ありやせん」

仁七に目線を据えた。表情の動きひとつも見逃すまいという鋭さが、その眼にあった。

「なにか、役に立つことはないか」

「いえ、いまのところは、なにも」

仁七はさりげなく眼をそらした。

「……そうか」

蔵人は、浮島の五郎蔵一味と斬り合い、松平余一郎の家臣三名を斬殺したことを仁七に告げていなかった。仁七もまた、そのことを聞こうともしなかった。浮島の五郎蔵の話から、蔵人たちの動きを察したとはいえぬ立場の、隠し事のある身であった。

「もうじき松吉の手がかりをつかみやす。少しだけ、時間をくだせえ」

水面に視線を注いだまま、仁七がいった。

「待っている。頼りにしてるぞ」

仁七が、振り向いた。

「旦那……」

「また、来る」

「貞岸寺裏へうかがいやす。近いうちに、かならず」

微笑んだ蔵人はゆっくりと踵を返した。

翌日暮六つ（午後六時）、蔵人と平蔵は白河藩上屋敷にいた。定信からの呼び出しに応じてのことであった。

上座に坐している定信がいった。

「松平余一郎君の噂は耳にしておろう。いかがなものであろうな」

「いかがなものと、申しますと」

問いかけの真意を解しかねて、平蔵が問うた。蔵人は黙然と坐している。

と、襖ごしに近習が声をかけた。

「殿。ただいまお藤の方さまがおいでになり、至急の面談を望んでの強談判。無理にでも押し通るとの剣幕でございまするが」

「お藤の方が……」

定信がちらりと視線を平蔵と蔵人に走らせた。

「隣りの座敷に潜みまする。やりとりを聞かせていただけませぬか。松平余一郎君の家来たちが、盗人・浮島の五郎蔵一味に加担しているのを、結城が見届けております」

「まことか」

平蔵のことばを受けて定信が蔵人を見やった。

「一昨夜、たしかに。押込みを防ぐために入り乱れての戦いとなり、生け捕りにするには難儀な、腕の立つ相手だったゆえ、やむをえず斬り伏せました。敵の出方をみるために、そのまま路上に骸を放置しておきましたが」

「なにか、わかったか」

平蔵が応えた。

「そのこと、配下の同心に結城が昨夜つたえましたゆえ、月番の北町奉行所に問い合わせましたところ、骸の引き取り手も現れず、行方知れずの届けもなしだそうで」

定信が、うむ、と首を捻った。

「よかろう。隣室に潜んで話を聞くがよい」

平蔵と蔵人は無言で首肯した。


お藤の方が甲高い声をあげた。

「これほど申し入れても拝領高加増のこと、できぬ、と申すか」

「できませぬ。幕府の財政は逼迫《ひっぱく》しております。余一郎君の乱行の噂も耳に入っております。事と次第においては、お藤の方ともども僧籍に入っていただくことになるやもしれませぬ」

「そのようなこと、できるはずがない。わらわは九代将軍・家重様の寵愛を受けた身。余一郎は家重さまのお子であるぞ。暴言、取り消されよ」

「暴言ではありませぬ。忠言とお聞きくだされ。拝領屋敷に五千石の禄高。ふっうに暮らせば不自由なく過ごせるはず。おとなしゅうなされることじゃ」

同じやりとりがすでに十回近く繰り返されていた。定信は、うんざりしきっていた。声高になりそうなのを懸命に押さえて、対応した。

「このの ち何遍足をお運びになられても、返答が覆《くつがえ》ることはありませぬ」

そういって、横を向いた。

「定信殿」

お藤の方が柳眉を逆立てて、睨みつけた。

定信は見向こうともしなかった。ややあってあきらめたか、

「また参りまする」

と裾を払った。

定信は無言で平伏した。そのままで、襖を開けて出ていくお藤の方を見送ろうともしなかった。

お藤の方の足音が遠のき、消えた。

「長谷川、結城、話はすんだ」

隣室との境の襖が開けられた。襖の向こうに坐していた平蔵と蔵人が、膝行《しっこう》して座敷に入った。

「聞いてのとおりだ」

定信が吐きすてた。

「余一郎君の用人に、三名の骸をあらためさせようとおもいまするが。家臣であると認めた暁には、事を一気に公にし、評定所での裁きにかけるがよろしかろうと」

「ならぬ。それはならぬぞ」

平蔵が口を噤んだ。

「相手は九代様のお子とその母じゃ。将軍家の威信に傷がつくことだけは、さけねばならぬ。それが老中筆頭のわしの務めじゃ。余計な動きをしてはならぬ。わしの命令じゃ」

平蔵と蔵人は黙然と平伏した。

五

佐和は全裸でよこたわっていた。剝《は》ぎ取られた着物や湯文字が、あちこちに散乱している。気を失ったまま屋敷に連れ込まれた佐和が正気づいたとき、枕元にいた松平余一郎が告げた。

「おれを憎い、といったな。憎ければ仕掛けてこい。ただし、仕留め損なったら佐和、おまえを犯し、辱めてやる」

　懐剣を佐和の手に握らせ、ふてぶてしい笑みを浮かべた。血という血が逆流した。怒りに躰を震わせた佐和はふらつく足を踏みしめて立ち上がり、突きかかった。

　なんなく懐剣を払い落とした余一郎は佐和の帯に手をかけ、引いた。おのれの意志にかかわりなく独楽《こま》のようにまわる躰を止めようと、力を振り絞った。が、か弱い女の身では、しょせん男の力にはかなわなかった。小袖を剝ぎ取られ、腰紐を解かれて長襦袢もひっぺがされた。押し倒されて湯文字をも剝がれた。すっ裸に剝《む》かれた佐和を見据えながら、ゆっくりと余一郎は着物を脱ぎ、全裸となった。黒々とした一物が、天狗の鼻のように屹立していたのを、いまでもまざまざとおぼえている。

　覆いかぶさってきた余一郎から逃れようと、必死に抵抗した。両の腿をしっかりと閉じ、分け入ろうとする余一郎を拒みつづけた。苛立ったのか余一郎が佐和の頬を平手打ちした。あまりの痛みに呻いたとき、力が抜けた。余一郎の躰が膝を割って滑り込むや、股間に激痛が走った。

その日のことは、佐和の脳裡に深く焼きついている。

佐和は、屋敷内を自由に歩きまわることは許されていた。

機会をうかがっては余一郎に突きかかった。が、そのたびに懐剣を奪われ、犯された。

茫然と座敷に横たわったまま佐和は、

(これで七度目のしくじり。すでに汚された躰、何度辱められてもかまわぬ。兄と弟の仇、どんなことがあっても討ち果たしてみせる)

とこころに言い聞かせていた。

離れには、余一郎の姿はなかった。交合が終わるとそそくさと着物を身につけ、出ていく。いつも同じであった。剣の稽古に励んでいるらしく、庭から、余一郎の発する気合いが聞こえてくる。

女を犯したあと、時を置かずに剣の修行をはじめる。道場の主であった父や兄弟たちの、剣にたいする真摯な姿勢を見つづけてきた佐和からみれば、とても剣に志す者の所業とはおもえなかった。そのくせ、口を開くと、

「おれは剣士として生きたい。剣は、嘘をつかぬ。強ければ勝つ。未熟者は死ぬ

しかない。おれを恨む前に、敗れた兄弟の未熟を悔やめ」

と繰り返した。佐和は、そんな余一郎が、

「異人」

におもえた。人の姿形はしているが、おのれに都合のよいようにしか物事を考えられぬ、いびつな人間。当然、善悪の判断がふつうとは大きくかけ離れている。

（いずれにしても不倶戴天《ふぐたいてん》の敵……かならず討つ）

佐和はゆっくりと躰を起こした。

大林多聞は、
［休診］
との貼り紙を診療所の出入口の腰高障子に貼り付けた。
［しばらく休診］
と書いた紙を破り捨て、書き直したものであった。
（しばらく、はないかもしれぬ）
とおもったからであった。
多聞は、佐和の奪還のために、松平余一郎の屋敷へ斬り込む決意を固めていた。

人の気配に振り向くと木村又次郎、柴田源之進、真野晋作が立っていた。

木村又次郎がいった。

「多聞さん、こっそり休診の貼り紙などをして、ひとりでどこへいく気ですか」

「急用ができてな」

「松平余一郎の屋敷にですか」

多聞が驚きの眼を瞠った。その顔が、晋作のことばが、的を射ていると、告げていた。

「正直なお人だ。この数日、いつもの多聞さんらしくない難しい顔をしているので何かある、とおもっていたんですよ。木村が、悩み事といえばたぶん、奥田道場の娘御のことだろうと事情を話してくれた」

柴田が告げた。

「それで様子をうかがっていたのか」

「お供しますよ、三人揃って」

木村が微笑んだ。

「御頭はこのことを知っているのか」

三人が黙って顔を見合わせた。

「知らせていないのか。なら、助太刀は断るしかないな」

三人が呆れた顔をした。晋作が、おずおずといった。

「気を悪くしないでください。多聞さんの腕では、娘さんは助け出せませんよ。下手すれば斬られるかもしれない」

「もとより死ぬる覚悟だ」

「娘さんはどうするのです。多聞さんが死んだら誰が助けるのです」

柴田が訊いた。真剣な顔つきだった。

「それは」

口ごもった。

「娘さんを助け出す。そのためにはわれわれの力が必要なはずです。向こうに行けば張り込んでいる安積や神尾もいる。彼らもきっと手伝ってくれます」

木村が強い口調で告げた。

「御頭は、いま、どうしておられる」

「さきほど雪絵さんが来られて、話をされておられます。吉蔵との張込みでつかみ得たことの復申か、と」

「それで、いまなら御頭の眼が届かぬと、三人揃ってやってきたのか」

三人が微かに笑みを浮かべてうなずいた。

「もし、あくまで同行を拒否したら」

「この場で取り押さえ、勝手な動きをなされる所存と、御頭の前に引き据えるつもり」

木村が刀の柄《つか》に手をかけた。柴田も晋作も、それにならった。

多聞は、三人をじっとみつめた。見返す眼の強さに、ふう、と息を吐いた。

「それほどまでにわしのことを。……すまぬ。やる気でいた敵討ちの助太刀を一度は翻意した。が、佐和さんが拉致され、監禁されているとなると話は別だ。亡き、奥田匠太夫先生より受けた大恩に報いるために、わしは御頭の命に背く決心をした」

「多聞さん、われわれで娘御を助け出しましょう。死力を振り絞れば、かならず助け出せます」

晋作が拳を握りしめた。

「助太刀、お願いいたす」

多聞が頭を下げた。

座敷では、蔵人が雪絵と向かいあっていた。

「そうか。吉蔵の尾行が阻《はば》まれたか」

「仁七さんと松吉がたどった道筋からみて、永代寺門前町の蕎麦屋枡田屋へ向かったのではないか、と」

「……枡田屋」

「吉蔵さんは、浮島の五郎蔵は、枡田屋の近くに本拠を構えたのではないか、と」

蔵人はしばし黙り込んだ。なにやら思案している。雪絵に、視線をもどした。

「見せたいものがある」

立ち上がって隣室へいき、数枚の絵図を持ってきた。雪絵の前にひろげる。絵図は柴田源之進が写してきた、枡田屋付近の克明な絵図であった。公儀測量方の手によるもので、家々に掘られた井戸の位置まで描き込んであった。

「これは吉蔵さんに見せたほうが」

「柴田に写させよう。明日にでも届ける」

「取りにまいります」

「水月にも顔を出したいのだ」

「……仁七さん、なんにもおっしゃいませんか」

「いわぬ。だからよけい気になる。ひとりで抱え込んでは深間にはまるだけだ、と吉蔵がいっていた。すでに仁七は抜け出せぬ深間に入り込んでいる」

雪絵が息を呑み、黙り込んだ。

しばしの沈黙が流れた。

顔を上げ、雪絵がいった。

「明日、お待ち申しております」


雪絵は外へ出て、出入口の腰高障子を閉めた。振り向いた雪絵の目に、境内との境の雑木林から貞岸寺へ抜けていく、多聞や木村たちの姿が飛び込んできた。

雪絵は首を傾げた。木村と晋作が、張込みの交代のために出かけていくのならわかる。多聞が夜、外出する理由がわからなかった。

(なにか、ある)

不吉な予感にとらわれ、小走りに多聞の診療所の出入口へ向かった。

[休診]

との貼り紙があった。

いまだかつて多聞が、前日に、休診と書いた紙を貼りだしたことはなかった。

蔵人に知らせるべきかどうか、迷った。たんに泊まり込みでどこかへ出かけただけかもしれない。確たる証もないのに、蔵人に余計な心配をかけたくなかった。

(どこへいくのか、とりあえず後を尾けてみよう)

雪絵は早足で多聞たちを追った。

大林多聞と柴田源之進、木村又次郎、真野晋作の四人が、口をきいている様子はなかった。

黙々と歩みをすすめている。

(行く先はたぶん、日暮の里)

雪絵のなかで閃いたことがあった。

(そこには、松平余一郎の屋敷がある)

張込みにいくとはおもえなかった。背中に、どこか角張った剣呑なものが感じられた。理由はわからぬが、四人が斬込みを仕掛けるのではないかとの疑惑がわき上がった。

(引き返してお知らせするべきこと)

雪絵は尾行を取り止め、貞岸寺裏へ向かって足を早めた。

戻ってきた雪絵を蔵人は訝しげに迎え入れた。

「忘れものか」

問いかけた蔵人へ、雪絵は尾行に至った経緯を話してきかせた。

蔵人は、多聞が佐和の奪還に出向いた、と推断した。木村たち三人は多聞の助太刀をするべく、行を共にしたものとおもわれた。

「よく気づいてくれた。これより出かける。雪絵は仮宅へ帰って、明日に備えてくれ」

蔵人は刀架に架けた胴田貫を手にとった。


松平余一郎の屋敷を張り込む安積新九郎は、木村又次郎と晋作だけでなく、大林多聞、柴田源之進のふたりまでやってきたことに、奇異なものを感じた。張込みの場から出て、歩み寄った。神尾十四郎も同じ疑念を抱いたようだった。姿を現し、近寄ってきた。

「どうやら交代ではないようだな」

新九郎が問うた。

「多聞さんの剣の師・奥田匠太夫殿の娘御が、松平余一郎に拉致されて、この屋敷に監禁されている」

木村又次郎が気色ばんだ口調で応えた。

「助けだそうというのか。御頭はこのことをご存じか」

「つたえてない。旗本仲間として、裏火盗の創設以来のかかわりとして、おれたちは多聞さんの助太刀をすると決めたのだ」

「務めはどうするのだ」

「多聞さんの懊悩は深い。おれは、敵討ちの場にいた。尾行していたのだ。娘御が拉致され、弟御は返り討ちにあった。お務め大事。そうおもって見殺しにしたのだ、おれは」

木村又次郎が、高ぶる感情を抑えかね、声を押し殺しながら、叫んだ。

「だから多聞さんの助太刀をするというのか。悪いが、おれは助太刀は断る」

新九郎がいった。

「おれも、やらん。蔵人さんに申し訳がたたん」

十四郎が横からいった。

「柴田さん、晋作、これでいいのか。お務めを忘れていいのか」

新九郎が問いかけた。

「いや、おれはみなと行を共にせねば、と。旗本仲間だからな。しかし」

柴田のことばを遮って、晋作がいった。

「旗本仲間だから来たのだ。仲間の苦悩は自分の苦しみでもある」

「あなたはどうなんだ。いつもの多聞さんらしくないではないか。どうしたというんだ」

新九郎が見据えた。射るような強い視線だった。多聞が顔をそむけた。

「……わしは、奥田先生に大恩を受けた。たとえ死んでも佐和さんを助け出したい」

「おれはいく。このことを蔵人さんに知らせにいく」

「頼む」

駆け出そうとした十四郎に新九郎が声をかけた。

「行かせぬ」

晋作が刀を抜き放ち、行く手を塞いだ。

「晋作、何をするんだ」

十四郎が驚愕の眼を剝いた。

「御頭に知らせたら、止めに来るに決まっている。ここを通すわけにはいかない。助太刀しろとはいわぬ。邪魔だけはしないでくれ」

晋作の眼に必死なものがあった。

新九郎が刀を鞘走らせた。

「十四郎、行け。この場はおれが引き受ける。御頭にこのことを知らせるのだ」

新九郎が一歩迫った。晋作が怯《ひる》んで、下がった。

「新九郎さん。つっ走って、走り抜いて、知らせるぜ」

脱兎の如く走り出した。

晋作が新九郎と対峙したまま、いった。

「おれが相手をしている間に、早く、早く娘御の救出に仕掛かってください」

新九郎との腕の違いを知る晋作の顔面は、蒼白と化してした。相討ち覚悟の戦いを仕掛けるつもりとみえた。

「暴挙だ。ぜひにも止めてみせる」

新九郎はさらに一歩迫った。

「踏み台がわりになってくれ。おれが塀に上る。上ってふたりを引きあげる。三人そろったところで庭に飛び降りるんだ」

木村又次郎がいい、塀に向かって走りだした。多聞と柴田がつづく。

新九郎が後を追おうと動いた。行く手を塞いで、晋作が呻いた。

「武士の情けだ。武士の意気地を通させてくれ」

正眼に構えた切っ先が揺れていた。晋作の顔が歪み、半分泣いているかのようにみえた。新九郎のこころも揺れていた。

(おれには、斬れぬ。こころを触れ合わせてきた相手だ。しかし、止めねば多聞さんも、木村さんも、柴田さんも、きっと斬り殺される。御堂玄蕃は強い。三人でかかっても歯が立たぬ敵。どうしたらいいのだ)

新九郎は、強く奥歯を嚙みしめた。

第五章　誅《ちゅう》　滅《めつ》

一

塀に手をつき、中腰となった柴田源之進の背中に乗った木村又次郎は、塀屋根に手をかけ、ずりあがった。屋敷内の様子をうかがおうと半身を起こす。風切音がした。飛来する弓矢が眼に飛び込んできた。驚愕に身がすくんだ。わずかの間だったが、その分避けるのが遅れた。矢は木村又次郎の左肩に深々と突き立った。呻いて、落下するとき、庭で弓矢を構えている武士の姿が眼の端をかすめた。

転がり落ちた木村又次郎を多聞が抱き起こした。

「抜くぞ」

刺さった矢を多聞が抜いた。痛みに呻いた木村が、顔を顰めながら告げた。

「警戒が、厳しい」

「忍び込むのはむずかしいか」

「今日のところは諦めたほうが」

柴田が低く叫んだ。

「屋敷から攻め手が繰り出したぞ」

みると刀を抜き連れた十数人の武士が駆け寄ってくる。

剣を抜き、対峙していた新九郎と晋作も、柴田の声を耳にとめた。

「引きあげよう」

「斬り合わずに、すみましたね」

晋作がなかば安堵したように微笑んだ。笑みを返した新九郎が武士たちを見据えた。

「晋作、木村さんたちを頼む。おれが、できるだけここで食い止める」

「安積さんは」

「ほどのいいところで逃げる。早く行け」

晋作が、木村を支える柴田と多聞のほうへ駆け寄った。晋作をしんがりに逃れ去る多聞たちを横目で見て、新九郎は駆け寄って来る武士に向かって、斬りかかった。先陣を切って走ってきた武士が袈裟懸けの一撃を受けて、倒れた。ひるみ、左右に散った武士たちに八双に構えて新九郎が迫った。武士たちが下がる。が、新九郎が次にとった動きは意外なものだった。くるりと背中を向けるや脱《だっ》兎《と》のごとく走りだした。

「追え。逃がすな」

一足遅れて駆けつけた御堂玄蕃が吠えた。呆気《あっけ》にとられていた武士たちが、あわてて追った。

逃げながら新九郎は、木村たちと行き合った蔵人と十四郎が、ことばをかわしているのを見いだした。十四郎が貞岸寺裏まで走って、蔵人とともに戻ってきたとはおもえなかった。あまりにも早すぎる到着だった。多聞たちの動きに気づき、日暮の里へやってきた蔵人と、逃げてきた十四郎が途中で行き合った、としか考えられなかった。

蔵人と十四郎が新九郎のもとへ駆け寄って来た。蔵人が告げた。

「新九郎、仔細は十四郎から聞いた。ここは踏みとどまって、時間《とき》を稼がねばならぬぞ」

胴田貫を抜きはなった。十四郎も大刀を抜きつれる。

追ってきた武士たちが、横一線となって迎え撃つ蔵人たちの気迫に圧《お》されて、足を止めた。睨み合う。

「結城殿」

武士たちの背後から声がかかった。

蔵人は凝然と見つめた。

武士たちをかき分けて現れたのは、御堂玄蕃であった。

「御堂殿か」

「貴公には刺客を差し向けた負い目がある。この場は分かれとしたい」

「ひとつだけ聞く。奥田道場の佐和どのは屋敷にいるのか。命に別状はないな」

「ない。いまだに敵討ちを仕掛けつづけておられる。が、余一郎君が佐和どのを殺すことは、まずあるまい」

「なぜ、そういえる」

「男と女の仲だ。佐和どのはともかく、余一郎君のこころは、揺れている」

蔵人は、黙った。御堂玄蕃のことばに含まれた意味あいを探った。胸中で呻いた。

（余一郎君は佐和どのを好いているのか）

驚きの眼で見つめた。御堂玄蕃が蔵人のおもいを読みとったか、目線でうなずいた。

「引きあげさせていただく」

そういい、武士たちを振り向いて、告げた。

「退け」

うなずいた武士たちが屋敷へ向かって、走り去っていく。御堂玄蕃も悠然と歩き去っていった。その姿が表門の潜門のなかへ消えるのを見とどけて、いった。

「引きあげる」

胴田貫を鞘におさめて、踵を返した。新九郎と十四郎があとにつづいた。

「あの女を軟禁して、敵討ち遊びなどしているから、得体の知れぬ浪人たちに襲撃されるのです。塀によじのぼり、屋敷に侵入しようとしていたというではありませんか」

お藤の方が吠えつづけた。松平余一郎は俯いて坐っている。悪戯《いたずら》を見つけられた幼子が、首をすくめて母の怒りの鎮まるのを待っている。傍らに控える御堂玄蕃にはそうみえた。

お藤の方は、いらいらしく余一郎のまわりを歩きまわった。立ち止まり、しばし睨み据えて、いった。

「殺しなさい」

低い、凍えた声音だった。

「殺す?」

顔を上げた余一郎が訝しげな視線を向けた。

「あの女は疫病神《やくびょうがみ》です。いますぐ殺すのです。これは、母の命令です」

「命令。佐和を、殺せというのか」

「殺しなさい」

「命令、というのですね」

「できぬなら、わらわが人を雇って殺してもよい」

「結城蔵人に刺客を差し向けたように、か」

お藤の方を見据えた。その眼に怒りの炎が燃え立っていた。

「何です、その眼は。母をそんな眼で睨みつけるなど、許しませぬよ」

お藤の方は余一郎と膝を合わせるようにし、向かいあって坐った。

「余一郎、よくお聞き」

さっきまでの猛り狂った口調とはうってかわった、優しげな声音だった。

「おまえさまは、九代将軍家重さまのお子なのですよ。天下人の血を引く者なのです。町道場主の娘などを相手にしてはなりませぬ。なによりもあの娘はおまえさまを仇と狙っている痴《し》れ者ではありませぬか」

余一郎の手をとって、つづけた。

「母がおまえさまを大名にするのに、どれほど苦労をしているか、わかっておくれでないか。母ひとり子ひとり、肩を寄せ合って暮らしてきた日々を忘れてはいけませぬ。卑しい身分の者と、母を蔑《さげす》んできた者たちを見返してやるのです」

余一郎はゆっくりと母の手を払った。無言で立ち上がった。

「玄蕃、つきあってくれ」

うなずき、立ちかけた御堂玄蕃に、お藤の方の声がかかった。

「御堂、話があります」

坐り直した御堂に、余一郎がことばをかけた。

「先にいくぞ」

足音高く立ち去るのを見送ったお藤の方が、振り向いていった。

「娘の処置、頼みましたぞ」

「余一郎君の、おこころのままに。それが私めの返答でございまする」

「御堂っ」

柳眉を逆立てた。

「これにて」

深々と頭を下げて立ち上がった。


池に架けられた石橋の上で、松平余一郎は水面を眺めていた。御堂玄蕃が歩み寄った。

「玄蕃、おれはどうしたらいいのだ」

「ご自分でお決めなされ。もう余一郎様は一人前の男でございまする」

「おれは、おれのこころを持て余している。おれは、後悔しているのだ。佐和の兄を木刀で突き殺したことを」

「剣の勝負に生き死には付き物でございます。仇と付け狙われるは、剣客の勲《いさおし》かもしれませぬ」

「剣客の勲か……」

「佐和殿は、生あるかぎり仇と付け狙うはず。そのことだけはご承知おきくださ い」

「……おれは、おれは佐和のことを好きになったようだ。あの必死な眼差し。あのような眼でおれを見つめたものはいなかった」

御堂玄蕃は黙然と聞き入っている。余一郎はつづけた。

「あきらかにおれを憎んでいる。そこには嘘も駆け引きもない。全身全霊で佐和はおれを憎み、殺そうとしているのだ。そこには、真実がある」

「……佐和殿が余一郎様を許すことは、まずありますまい」

「そうかもしれぬ。が、おれは、おれは佐和を……」

呻いた余一郎は、空を仰いだ。

「襲ってきたのは結城蔵人の一党でございまする。おそらく佐和殿奪還が目的」

御堂玄蕃が告げた。

「なに、結城蔵人とな」

鋭い眼で見つめ、つづけた。

「この後も襲撃を仕掛けてくるは必至。目的は佐和の奪還」

余一郎が中天を見据えた。ややあって、いった。

「相手が結城蔵人となると家臣たちに死人が出るな」

「おそらく。私が戦っても相討ちがいいところかと」

「佐和ひとりのために、家来たちが死ぬ。佐和さえいなくなれば結城蔵人たちは襲撃を仕掛けてこぬはず」

水面を見つめた。ややあって、いった。

「佐和を斬る。それしかない」

御堂玄蕃が余一郎を凝《じ》っと見据えた。眼を細める。その眼に名状しがたい哀れみが垣間見えた。

「佐和と立ち合う。玄蕃、見分役を頼む」

「承知仕りました。すぐにも手配いたしまする」

応じた御堂玄蕃はいつもの冷徹な顔つきに戻っていた。

池近くの庭の、いつも御堂玄蕃と打込みをするあたりで、余一郎は佐和と睨み合っていた。佐和は懐剣を構えていた。余一郎は大刀を上段に構えていた。

眦《まなじり》を決して佐和が突きかかった。余一郎が一気に刀を振り下ろす。佐和は左肩から袈裟懸けに斬り裂かれ、懐剣を取り落としてその場に崩れた。

余一郎が駆け寄り、佐和の傍らに片膝をつき、呼びかけた。

「佐和」

俯せに伏した佐和が微かに顔を上げた。

「おれが、それほど、憎いか」

「憎い。七度生まれ変わっても、仇を。お、鬼。に、く、い」

息絶え絶えに睨み据えた。憎悪の炎がその目で燃えさかっている。力尽きたか、がくりと地面に顔を伏せた。

「佐和」

抱き起こそうと手をのばしかけたとき、声がかかった。

「見事じゃ、余一郎。さすがに天下人を父に持つ身。不埒者は成敗する。それでいいのじゃ」

様子をうかがっていたのか、近くの庭木の後ろからお藤の方が現れた。

余一郎がお藤の方を見据えた。慟哭《どうこく》のおもいの籠もった、陰鬱《いんうつ》な眼差しだった。

「余一郎、その眼はなんです。そんな女の死を悲しむとは、情けない。おまえは将軍の子。末は大名になる身が、未練な。強くおなりなされ」

余一郎の握りしめた拳が震えた。

「父が将軍なら何をやってもいいというのか。強くなるということは、情けをなくすことなのか。強く、とは他人を威圧し、乱暴に振る舞うことなのか。母上、答えてくれ」

「そうじゃ、権威が備わったものは、何をやってもよいのじゃ。従わぬ者は殺してもよい。力ずくで相手を制圧してこそ天下人のお子なのじゃ」

「強ければよいのだな。何をやってもいいのだな。強さを、みせてやる。それが、母上への孝の証だというのだな」

「そうです。それが証。男の子《お》は強くなければなりませぬ。強くおなりなされ」

「母上、おれは、おれは、日々剣の修行にあけくれる、このままの暮らしで……」

いいかけて、強く頭をうち振った。すべての思考を断ち切るような仕草だった。

お藤の方に眼を据えて、いった。

「もう、いい。強ければいいのだな。玄蕃、馬の手配をしろ」

「どこへ」

「どこでもよい。手配できぬなら他の者に命じる」

駆け出した余一郎の後を追おうとした御堂玄蕃が、ちらりと、お藤の方に視線を走らせた。

お藤の方は身じろぎもせず、余一郎の後ろ姿を見据えている。御堂玄蕃には、その立ち姿が、華やかに着飾った鬼女にみえた。鬼女が口汚く吐きすてた。

「こころの弱いこと。わが子ながら情けない。愚か者めが」

武家屋敷の建ちならぶ通りを疾駆する一頭の騎馬があった。鮮やかな手綱捌《たづなさば》きで馬上にあるのは松平余一郎であった。

一刻（二時間）後、直参旗本・溝口市右衛門の屋敷は、闖入者《ちんにゅうしゃ》の暴虐のかぎりを尽くした振る舞いに、惨劇の極にあった。

廊下や中庭には、用人や若党たちの骸が転がっていた。奥の間では刀を握りしめた溝口市右衛門が倒れていた。よく見ると斬られた跡もなく、血も流れていない。峰打ちでしたたかに打ち据えられ、気を失っているとおもわれた。

畳に血刀が突き立っていた。傍らで松平余一郎が袴の紐を締めている。足下に帯を切り裂かれ、身につけていたものを左右に大きく引きはがされた可奈が横たわっていた。閉じられた瞳の端から、幾筋もの涙がこぼれ落ちている。

見下ろして、いった。

「おれは松平余一郎だ。いずれ側女として迎えにくる。心づもりをして待っておれ。おまえはすでにおれのものになったのだからな」

可奈は身動きひとつしない。そのことばも耳に入っていないようだった。

血刀の柄に手をかけた松平余一郎は、一振りしてゆっくりと鞘におさめた。

二

結城蔵人や大林多聞、柴田源之進、木村又次郎、安積新九郎、神尾十四郎らの面々は、裏火盗の本拠ともいうべき貞岸寺裏の離れ家にはもどらず、蔵前の旅籠《はたご》［まつば］の一室にいた。御堂玄蕃は蔵人の住まいを何度か訪ねてきている。不意の襲撃を仕掛けてくる恐れがあった。無用の戦いをさけるための、方策であった。

座敷に落ち着いた蔵人が、一同を見渡して告げた。

「御堂玄蕃と顔を合わせた以上、屋敷の張り込みをつづけるわけにはいくまい。浮島の五郎蔵は、われらに押し込みを妨げられてからは鳴りをひそめている。探索の手蔓《てづる》が失われたといってもよい」

多聞が不意に畳に両手をついた。

「すべて師へのおもいに流された、私めの軽挙の結果、いかようにもお詫びいた

「責めらるるは某《それがし》も同様でござる。渋る柴田殿を説き伏せ、晋作を誘い、拒む多聞さんに助勢を押し売りしたのは某、それゆえ」

白布で腕を吊った木村又次郎が、不自由な躰をふるわせた。蔵人が、遮った。

「済んだことをとやかくいっても仕方あるまい。次なる手立てを思案するが先だ」

多聞と木村又次郎が俯き、黙り込んだ。目線をうつして、蔵人がつづけた。

「柴田、おれの住まいに枡田屋あたりのくわしい絵図がおいてある。それをみれば何かつかめるかもしれぬな」

「すぐにも取りにいきましょうか」

「そうしてくれ。新九郎、晋作、柴田と行を共にしてくれ。御堂玄蕃の手の者が張り込んでいるかもしれぬ。見つかったら斬り合いになるはず」

新九郎と晋作が無言で首肯した。

「十四郎、明日にでも多聞さんと一緒に、奥田道場の様子を探ってきてくれ。不吉な予感がする」

「まさか佐和殿の身に異変が」

多聞が不安げな声をあげた。

「奥田道場の者とおもわれる一群が、屋敷を襲ったのだ。なにが起こっても不思議はあるまい」

「それは……」

多聞が唇を嚙んだ。苦渋が顔に滲みでていた。

「では」

話の区切りを見計らっていたのか柴田が、立ち上がった。新九郎と晋作がつづいた。


一刻後、戻ってきた柴田たちは、菰《こも》包みをひとつ運んできていた。

「宿に運び込むには、ちと憚《はばか》られるもので」

ひとり座敷に入ってきた柴田が、蔵人に告げた。

「佐和殿の骸か」

「御頭の住まいの前に置いてありました。いまは宿の裏口の前に」

柴田が応えた。

多聞が立ち上がった。障子を荒々しく開け、飛び出していった。木村又次郎と十四郎が後を追った。蔵人はゆっくりと立ち上がった。

まつばの裏口の前に、筵《むしろ》に横たえられた佐和の死体があった。多聞が通りに座り込み、身じろぎもせず見下ろしている。沈痛な面もちの新九郎らが片膝をついて取り囲んでいた。

柴田とともに歩み寄った蔵人が告げた。

「これより奥田家の菩提寺、橋場の遊泉寺へ骸を運び込む。住職をたたき起こしても、今夜のうちに弔いをすます。明日からは手分けして枡田屋と、裏手のあらたに井戸を掘った三軒の町家を張り込む。松吉をとらえて浮島の五郎蔵を誘い出す囮《おとり》にするのだ」

見上げた新九郎らに、凄まじいまでの緊張がほとばしった。

翌早朝から、蔵人らは深川永代寺門前町の枡田屋と、三軒の町家を張り込んだ。枡田屋を蔵人と十四郎が、残る三軒の町家を新九郎と柴田と晋作が見張った。木村又次郎は、探索の手立てが大きく転換したことを告げずに、無言の吉蔵と雪絵が泊まり込んでいる船宿水月をのぞむ貸家に走った。多聞は遊泉寺に残って、佐和はじめ死に絶えた奥田一族の永代供養の段取りをすすめている。

蔵人は松吉をとらえたあとは、平蔵の手を借りようと考えていた。松吉をとらえ、火盗改メの手によって処刑し、浮島の五郎蔵の出方を待つ、という手立てであった。蔵人は、その策をしたためた書付を木村に託した。吉蔵に出会ったあと清水門外の火付盗賊改方の役宅へ向かい、平蔵に手渡すように命じていた。


張り込みの初日は空振りに終わった。

二日目の午後、松吉が枡田屋から出てきた。大店の手代風の出で立ちをしている。どう見ても、石川島人足寄場を島破りした盗っ人とはおもえない、見事な化けっぷりだった。松吉は左右に警戒の視線を走らせたあと、歩き出した。

永代寺の門前を通りすぎ、黒江町《くろえちょう》へ向かっていく。堀川に架かる福島橋を渡り、富吉町《とみよしちょう》の通りをすすんでいった。

永代橋にさしかかったあたりで、急ぎ足で背後からやってきた浪人が、追い抜きざま松吉の肩に触れた。触れたか触れぬかわからぬほどのぶつかりようだった。松吉は、気づかぬふうを装って、そのまま通りすぎようとした。その松吉に浪人が足払いをかけた。転倒した松吉の背中を踏みつけ、浪人が低く告げた。

「無礼者。武士の肩に触れて、詫びもいれずにすますつもりか」

松吉が顔をもたげた。

「ご勘弁を」

哀願した。

「許せぬといったらどうする」

浪人が皮肉な笑みを浮かべた。踏みつけた足に力を込めた。

激痛にうなった松吉をさらに浪人が蹴り飛ばした。転がる。半身起こした松吉の顔面は怒りに怒張していた。

「野郎」

吠えた松吉の顎を浪人が蹴り上げた。鈍い音がした。後頭部から倒れ込む。眼を剝き、すでに気絶していた。

冷ややかに見下ろした浪人の背後から、別の浪人が近寄ってきた。神尾十四郎だった。

「蔵人さんらしくない手荒いやり方だったね。顎が砕けたんじゃねえか」

にやり、とした。

「情けをかける相手ではない。容赦はいるまい」

膝を折り、松吉を抱き起こした。

「清水門外の例の屋敷へ運び込む。背負ってくれ」

「力仕事はまかせといてくれ」

蔵人に背中を向け、片膝をついた。


平蔵の動きは迅速だった。死罪は火盗改メ長官、江戸南北両町奉行といえども老中へ伺書を届け出、その決済を仰ぐのが通例だった。が、松吉の、江戸市中引き回しの上、打ち首との処断は、老中筆頭・松平定信の独断によって決定された。

後ろ手に縛られ、馬に乗せられた松吉を取り囲んで、相田倫太郎ら火付盗賊改方の同心たちが歩みをすすめる。

［豆州無宿松吉、此の者、盗賊浮島の五郎蔵の子分也。殺し、押し込みを犯せし悪党にて、江戸市中引き回しの上、鈴《すず》ケ森《もり》にて打首獄門に処するもの也。火付盗賊改方長官、此を執行す」

と墨痕《ぼっこん》鮮やかに記された紙幟《かみのぼり》を、先達をつとめる手先の者が掲げ持っていた。

一行は永代橋を渡り、黒江町から永代寺門前町へ抜けた。少し遅れて結城蔵人が、さらに遅れて神尾十四郎がつづいた。

枡田屋にさしかかった。いつものように店を開いているにもかかわらず、枡田屋には何の動きもなかった。松吉もさすがに浮島の五郎蔵の腹心らしく、覚悟は決まっているのか、枡田屋を見向きもしなかった。

が、蔵人は見逃してはいなかった。枡田屋の二階の窓の障子が薄く開けられ、何者かがじっと見つめていた。凄まじいまでの殺気が発せられていた。おもわず二階を見上げたくなる衝動にかられた。懸命に堪《こら》えて、さりげなく通りすぎた。

その後は何の異変も感じられなかった。

鈴ヶ森刑場に行き着いてほどなく松吉の処刑は決行された。首切役をつとめたのは同心・小柴礼三郎であった。松吉は目隠しをしようとする相田倫太郎に、

「三尺高い木の上で、首を晒《さら》されることを覚悟で首を突っ込んだ盗っ人稼業だ。そんなものはいらねえ」

そううそぶいて、ふてぶてしい笑みさえ浮かべた。

首を切り落とされるときも、松吉は薄く笑みを浮かべていた。小柴礼三郎の手練の一太刀が振り下ろされ、胴を離れた首が飛んだ。

「転がったその首が、まだ薄ら笑いを浮かべていたのでござるよ。いやはや悪党ながら見事な最期で」

後日、相田倫太郎が半ば感心したように、蔵人に語ったほどのものであった。松吉の生首は、処刑が終わったあと、鈴ヶ森刑場の晒し場にならべられた。

その夜、昼間でも近づく者のいない晒し場の前に立つひとりの男がいた。浮島の五郎蔵であった。

まさしく三尺高い台の上に晒された、松吉の生首は、せせら笑っているかにみえた。

「さすがにおれの片腕。生首になってもいい面構えだぜ。お頭仲間へのおれの面子もたとうというものだ。てめえの仇はきっと討つ。火盗改メの長谷川平蔵の命、必ずとってみせる」

見据えた浮島の五郎蔵の両の眼には、憤怒の炎が烈々と燃えたぎっていた。

三

翌日、船宿水月をひとりの男が訪ねてきた。浮島の五郎蔵の身内であった。店まわりを箒《ほうき》で掃いていた仁七に歩み寄り、いった。

「お頭がすぐにもあいたいそうで」

つり上がった細い眼の奥に、敵意がみなぎっていた。

昨日の昼過ぎ、無言の吉蔵がひょっこりと仁七のところにやってきた。

「どうしてるかとおもってね」

笑いかけ、声を潜めていった。

「実は、豆州無宿の松吉が捕まってね。責めにかけたが口を割らない。業を煮やした長谷川さまが御老中さまに談判して、引き回しの上、打ち首と決まったそうだ。刑は、今日おこなわれるという話だ」

仁七は黙っている。吉蔵が顔をのぞき込むようにして、問いかけた。

「悩み事があったら打ち明けてくれねえかい。おれでよかったら役に立つぜ」

「無言のお頭……」

ことばを切って、じっと見つめた。

「こいつばかりは、おれにしか始末できねえ話で」

そのとき吉蔵の眼に浮いた、哀れみを含んだ心配げな眼差しを、仁七は生涯忘れることができないだろう。欲得をはずれた、心の底からあふれ出た真情が、そこにはあった。

（お父っさん……）

不意に湧き上がったおもいに、仁七はとまどった。仁七には白髪頭の吉蔵が、浮島の五郎蔵と出会う前に夢見た、父親の姿と重なった。夢で見つづけた父親の顔は、いつも霞がかかっていた。それでいて、優しさに溢れた眼で、いつも仁七を見つめていた。

不覚にも、仁七の眼に濡れたものが浮いた。気づいたのか、吉蔵が眼を背けていった。

「……いつでも、いますぐにでも、力を貸すぜ」

「お頭……」

仁七のことばがくぐもって、震えた。


「仁七さん、一緒にきてもらえるね」

男の粘っこい声で仁七は思案からさめた。

「支度してくる。ここで待っていてくれ」

仁七は箒を手に裏口へ向かった。

吉蔵は仁七と男の後を尾けていた。永代橋を渡ったところからみて、行く先はどうやら枡田屋、とあたりをつけていた。不思議なのはこの前尾行したときと違って、浮島の五郎蔵の子分たちの姿がみえない、ということだった。

子分たちを、一カ所に集めなければならないよんどころなき事情が、浮島の五郎蔵にあるに違いない、と吉蔵は推量していた。

（よんどころなき事情。それは仁七に危害を加えるための手勢をそろえておく、ということではないのか）

尾けながら、そう判じてもいた。

いずれにしても、隠れ家が間近くなれば浮島の五郎蔵の子分たちが、警戒のために配置されているはずだった。

吉蔵のあとから、雪絵が見え隠れについてきている。もし浮島の五郎蔵の子分たちが姿を現したら、できるだけ目立つ動きをして引きつけると、腹を決めていた。子分たちの眼が、吉蔵に集まれば集まるほど、雪絵の尾行はやりやすくなるはずであった。

永代橋を渡りきり、左へ折れたあたりから浮島の五郎蔵の身内らしい、目つきのよくない連中が、吉蔵に露骨に視線を注ぐようになってきた。かまわず仁七たちのあとを追った。

福島橋の手前でそれは起こった。それまで遠巻きにしていた、五郎蔵の身内たちが走りより、吉蔵のまわりを取り囲んだ。

五人の男たちは、片手を懐に突っ込んでいた。呑んだ匕首《あいくち》に手をかけているに違いなかった。

「顔を貸してもらいてえ」

兄貴格らしい男がいった。

「そいつはご勘弁を。先を急ぎますんで」

立ちふさがる男を避けて、前にすすもうとした。

「いい気になるなよ、老いぼれ」

行く手をふさいだ別の男が凄みのある声を出した。

「そんな気はさらさら」

謝るように軽く腰を屈めた途端、体当たりを食らわせた。一気に福島橋へ向かって走る。

「野郎、逃がすか」

男たちがあとを追った。

「喧嘩だ」

「喧嘩だぞ」

野次馬たちが吉蔵たちを追った。

町家の蔭から通りに出て、様子をうかがう女がいた。雪絵だった。気がかりな目を向けたが、すぐに視線を戻して歩き出した。行く手には見え隠れする仁七と男の後ろ姿があった。

吉蔵は福島橋を渡るや、堀川沿いに左へ走った。直進すると仁七たちに追いつくことになる。仁七に気づかれてはならなかった。

足がもつれた。息が上がる。寄る年波がなせることであった。

(逃げられるだけ逃げる)

吉蔵は歯を食いしばった。

背後で大きな水音がした。

「てめえ、何しやがる」

兄貴格らしい男の怒声が響いた。

追いかける足音が消えていた。奇異なおもいにとらわれて振り返った。驚愕に目を見開く。

深川鼠の色味の小袖を着流した十四郎が、男たちと睨み合っていた。男の一人が堀川から、通りに這い上がろうとしている。十四郎から水中に投げ込まれたものとおもわれた。

男たちは匕首を手にしていた。不敵な笑みを浮かべて、十四郎がいった。

「破落戸《ごろつき》どもめ、覚悟してかかってこい」

刀を抜き、八双に構えた。

「喰らえ」

兄貴格が突きかかった。十四郎が刀を一閃した。袈裟懸けに斬られて転倒し、肩口を押さえて、のたうった。後ずさりする男たちに斬りかかり、右へ左へと刀を返す。男たちが腕や肩を斬られ、血をまき散らして、倒れ込んだ。

激痛に呻き、もがく男たちを見下ろして、十四郎は刀を鞘におさめた。ちらりと視線を吉蔵に走らせる。が、それまでだった。くるりと背を向け、ゆっくりと福島橋へ向かって歩き出した。

(張り込んでいたのだ)

後ろ姿を見つめながら、吉蔵は胸中でそうつぶやいた。

仁七と男は枡田屋へ入っていった。少し遅れて雪絵がやってきた。じっと枡田屋を見つめる。

「雪絵」

背後から呼びかける低い声があった。振り返ると蔵人がそばにいた。偶然見かけた知り人に声をかけたとしかみえぬ動きだった。

「御頭」

「十四郎が福島橋近くにいる。まもなく斬り込むから、合流するようつたえてくれ」

「仁七さんの身が危ういのですか」

「昨日の今日だ。時を置くわけにはいかぬ。急いでくれ。そのあと枡田屋の裏手にまわり、張り込んでいる多聞さんや木村、柴田に剣戟《けんげき》の音が聞こえたら、その町家に斬り込め、とつたえてくれ」

「ぬかりなく」

雪絵は頭を下げた。立ち話を終えて別れていく。自然な所作としかみえなかった。蔵人もまた踵を返した。足を向けた町家の軒下に晋作が、少し離れて新九郎が立っていた。ふたりに目配せをした蔵人は、町家の切れたところを左へ曲がった。新九郎が、晋作がさりげなくあとにつづいた。

仁七は、枡田屋の奥座敷の床の間から井戸に通じる地下道を抜けた。井戸の内側につくりつけられた梯子をのぼって、庭へ降り立つ。子分たちに囲まれて浮島の五郎蔵の待つ座敷に向かった。いつもと様子が違っていた。男たちの目つきが尋常ではなかった。殺気立っている。

(今日がおれの命日になるかもしれねえ)

仁七は腹をくくった。

座敷の襖は開け放たれていた。十数人の子分たちが取り囲んでいる。浮島の五郎蔵が仁王立ちして、坐る仁七を睨みつけていた。お滝がその足下でおろおろと様子をうかがっている。

「仁七、もう一度聞く。松吉を捕らえさせたのはおまえじゃねえのか」

「何度もいってるじゃねえか。血のかよった、お父っさんの身内を売るような真似は金輪際しねえとな」

そこでことばを切って、鋭く見据えた。

「血肉を分けた父子じゃねえから、おれを信じられねえんじゃねえのかい、浮島のお頭」

「なんてことをいうんだい仁七、お頭はほんとにおまえのお父っさんなんだよ。そう聞かされてるじゃないか」

浮島の五郎蔵が、冷えた笑いを浮かべた。

「仁七、いい勘だな。そうよ。おまえのいうとおりだ。おれはお父っさんじゃねえ。赤の他人だ」

「五郎蔵さん、それじゃおまえさん、あたしら母子をだましていたのかい。この嘘つき野郎」

つかみかかった。

「うるせえ。糞婆《くそばば》」

お滝を蹴り飛ばした。立ち上がった仁七を振り向いていった。

「仁七、おまえが火盗改メの長谷川平蔵の密偵《いぬ》かもしれねえ、との噂を聞き込んだんでな。長谷川を殺すための、格好の囮役だと狙いをつけて一芝居仕組んだのさ」

「松吉を石川島人足寄場に送り込んだのは、おれが長谷川さまとつながりがあるかどうか確かめるため。そうだな」

「さすが雁金の仁七だ。よく読みとった」

「松吉が島破りしたのは、おれが長谷川さまに呼ばれて、石川島人足寄場へ出かけて三日目の夜だった」

「てめえ、長谷川の野郎と真剣な顔つきで話していたそうだな。その様子から松吉は、密偵に違《ちげ》えねえ、と確信したそうだ」

「おれが顔を出した翌日に、松吉が島破りの合図を送る。その翌日に準備を整えたとの合図を受ける。三日目の夜に決行という手順だ。何度考えてもそうなる。が、松吉を石川島人足寄場に潜り込ませた理由が、どこにあるか、そいつがどうにも読めなかった」

「長谷川平蔵殺しの囮が、密偵野郎にはぴったりの役回りだろうぜ。みんな、ひっとらえろ。そぎ落とした耳を、長谷川の野郎の呼び出し状につけてやろうとおもっていたんだ。片腕のひとつぐらい切り落としてもかまわねえ」

「仁七、お逃げ。早く逃げるんだよ」

しがみついたお滝を、浮島の五郎蔵が突き飛ばした。前に転がるのと仁七が立ち上がり、匕首を抜き放つのがほとんど同時だった。

「喰らえ」

わめきながら突きかかってきた男の胸元に飛び込み、腹をえぐった。左右から子分たちが襲いかかった。身をかわすのが精一杯の仁七の背後から、長脇差片手の浮島の五郎蔵が迫った。仁七めがけて長脇差を一閃した。そのとき、小柄な黒い影が、ふたりの間に割って入った。

「仁七」

呼びかけるのと、長脇差が黒い影の肩口から背中に向けて、振り下ろされるのが同時だった。

血飛沫《ちしぶき》があがった。黒い影とみえたのは、お滝だった。

振り向いた仁七にすがりつくように、お滝が倒れ込んだ。

「あんた……」

仁七が驚愕の眼を剝いた。

「お逃げ。早く」

「あんた、おれをかばって。死ぬ覚悟で」

お滝がじっと見つめた。微かな笑みがあった。

「おまえは、たったひとりの、あたしがお腹を痛めた子。あたしから、分かれた命。あたしの、命、なんだよ」

腕から力が失われたか、ずるりと崩れ落ちた。あわてて、仁七が支える腕に力を込めた。

「しっかりするんだ。しっかりしてくれ、おっ母あ」

見上げたお滝が満面を笑み崩した。

「おっ母あ、と呼んでくれたね。おっ母あ、と」

震える手を伸ばして仁七の頬に触れた。微笑む。仁七がいままでに見たことのない、幸せそうな、優しいお滝の顔だった。その手が、ゆっくりと滑り落ちた。

「おっ母あ、死ぬんじゃねえ。死ぬんじゃねえ、おっ母あ」

仁七がお滝を抱きしめ、呻いた。仁七の眼から大粒の涙がひとつこぼれて、落ちた。

「愁嘆場はそこまでだ」

薄ら笑った浮島の五郎蔵が、仁七に長脇差を突き立てようとした。その腕に向かって閃光が迸《ほとばし》った。浮島の五郎蔵の腕が肘から長脇差ごと畳に落ちた。

「仁七」

座敷に飛び込んできた、血刀下げた蔵人が呼びかけた。が、その声は仁七の耳には届かなかった。

「おっ母あ、死ぬな。死ぬんじゃねえ、おっ母あ」

崩れるように座り込み、お滝の躰を揺すっていた。

「仁七……」

蔵人の眼に怒りの炎が燃え上がった。振り向きざま、片腕を切り落とされ、子分に支えられた浮島の五郎蔵を、袈裟懸けに斬り倒した。返す刀で子分を逆袈裟に仕留める。

「御頭」

新九郎が駆け込みざま、突きかかった子分を斬り伏せた。つづけて突入した晋作と十四郎が子分たちと渡り合った。

「存分にやれ」

蔵人の下知に新九郎らが攻めかかった。

「御頭」

表から入ってきたのか襖を蹴倒して、多聞らが斬り合いに加わった。柴田が剣を振るう。木村が片手で凶悪な顔つきの男を斬り捨てた。

勝負はあっけなかった。浮島の五郎蔵一味は、わずかの間に蔵人たちの振るう容赦のない剣に倒され、屍《しかばね》の山を築いた。

乱闘を終えた蔵人たちが見たものは、お滝を抱きしめ、肩を震わせて嗚咽《おえつ》する仁七の姿であった。

四

その日は、一寸先も定かではないほどの靄《もや》が立ちこめていた。まもなく暁七つ(午前四時)にさしかかろうというころ、白河藩上屋敷では、不寝番の門番が、なにやら獣の呻き声を聞いた気がして、物見窓の障子を開け外をのぞいた。何も見えなかった。

門番は渋々外へ出て、呻き声のもとが何かを確かめにいった。

定信の度を越した緊縮政策に、日ましに庶民の間に不満の声が高まっていた。なかには殺した犬や猫の死骸を、嫌がらせに門前に投げ捨てていく、不逞《ふてい》の輩《やから》もいた。まだ息のある犬などがいて、苦しげな呻き声を発する。そのまま放置しておくわけにはいかなかった。

門番は上役から、

「些細なことでも、不審を感じたらすべて確かめるように」

と厳しく命じられていた。

門番は潜門から外へ出た。苦しげな息づかいが聞こえる。おそるおそる近づいていった。かすかに黒い塊が見えた。犬にしては大きすぎる、とおもった。

腰がひけた、おっかなびっくりの格好で一歩また一歩と近寄っていった。黒い塊の姿が次第にあきらかになったとき、大きな呻き声があがった。黒い塊がずるずると前に向かって崩れ落ちる。門番は短く悲鳴を上げ、一目散に逃げもどった。

ほどなく門番の報告を受けた上役が、数人を引き連れて潜門から出てきた。靄は少し薄らいで、黒い塊の形は前よりは多少明瞭になっていた。上役はさすがに門番より腹が据わっていた。悠然と近づいていった。

上役の足が止まった。

「これは―」

呻いて駆け寄った。門番たちがつづいた。

上役が片膝をついて黒い塊を抱き起こした。黒い塊は、正座した老武士であった。腹に脇差が突き立っている。覚悟の切腹であるのは、刀身に何重にも白布が

巻き付けてあることで推察できた。見事に真一文字に腹を掻《か》っ捌《さば》いている。気骨のある者の最期といえた。懐に、

[言上書《ごんじょうがき》]

と記された封書があった。手に取り、裏を返すと、

[旗本小普請組　溝口市右衛門]

との署名がある。上役が門番たちを振り返って、いった。

「骸を屋敷内へ運び込め。丁重に扱うのだ」

床のなかで、宿直《とのい》の者から報告を受けた松平定信は、むっくりと半身を起こした。

「着替える。書見の間で言上書に目を通す」

ゆっくりと立ち上がった。

書見の間で、溝口市右衛門の言上書を読み終えた定信は、控える側役に問うた。

「溝口市右衛門が旗本であることは確かか」

「武鑑にて調べましたところ、禄高は三百石、菊坂町に住まいする、小普請組の

旗本に相違ございませぬ」

定信は大きく息を吐き、眼を閉じた。

しばしの沈黙が流れた。

うむ、と定信が大きくうなずいた。こころの迷いを振り払ったかのような所作であった。見つめて、いった。

「火盗改メの長谷川を呼べ。長谷川に、結城も同行せよ、とつたえよ。わしは本日の登城を取りやめ、終日上屋敷にいる。できうる限り速《すみ》やかにくるよう、つたえよ」

「は」

短く応えた側役は裾を払って、立ち上がった。


相田倫太郎は、いま蔵人が仮の宿としている船宿水月へ向かって、騎馬を駆った。旅籠まつばに逗留したときも、昨夜、水月に移ったことも、すべて雪絵をつなぎ役に、平蔵に報告されていた。

水月では、お滝が仁七の居間に寝かされていた。顔には白布がかけられ、傍らには憔悴《しょうすい》しきった仁七が座りこんでいた。お苑が時折、居間をのぞいた。仁七はそばに坐ったまま、お滝を見つめている。お苑には仁七が重病の母親を寝食を忘れて看病している、としかみえなかった。

蔵人ら裏火盗の面々や吉蔵、雪絵たちはそれぞれ別の間を与えられ、しばしの休息をとっていた。蔵人らが一間に集まって早い朝餉《あさげ》を食していたとき、

「結城様、おられるか」

声を張り上げて、相田倫太郎が裏口から飛び込んできた。

応対に出た蔵人に告げた。

「御老中より、至急のお呼び出しがかかりました。拙者が乗ってきた馬を駆られ、清水門外の役宅まですぐにも出向いてもらいたい、との御頭のおことばです」

一気にまくし立てると、大きく息を吐いた。

蔵人は無言で首肯した。

蔵人が、清水門外の役宅についたときには、平蔵はすぐにも出かけられる支度をととのえて、奥の座敷で待ちうけていた。向かい合って坐した蔵人が問いかけた。

「御老中の用件のほどは」

平蔵が応じた。

「わからぬ。ただ、これ以上放置できぬ緊急のこと、との使者の口上であった」

「もしや松平余一郎君のことでは」

「わしもそうおもう。何か御老中を動かす異変がおこったのかもしれぬ」

蔵人は黙った。

「まずは御老中の話をうかがうが先決だ。出かけるとするか」

刀架にかけた大刀に手をのばした。


白河藩上屋敷の庭に面した座敷には、一枚の畳が敷かれ、溝口市右衛門の遺骸が横たえられていた。顔にかけられた白布はめくられている。固く結んだ唇が覚悟のほどをしのばせた。右腕の上に武士の魂ともいうべき、大小二刀が置かれていた。

枕元に定信、傍らに平蔵と蔵人が坐して、凝然と骸を見つめている。

「旗本三百石、小普請組・溝口市右衛門殿だ。腹を真一文字に掻っ捌いた見事な最期であった。武士の鑑《かがみ》ともいうべきありようだと、わしはおもう」

手にしていた言上書を封じ紙ごと平蔵に渡した。

「読めばわかる。溝口市右衛門殿の命と引きかえの書状だ」

言上書を受け取り、封を開いた平蔵は一心に読みすすんだ。読み終え、無言で蔵人に手渡した。眼を閉じ、思案に沈んだ。

蔵人もまた、食い入るように読んだ。読み終え、封じ紙におさめた。

見届けて定信が口を開いた。

「溝口殿の孫娘の可奈殿は、自害して果てたそうな。松平余一郎君の所行、いかに九代将軍様のお子といえども許しがたく、一命はもちろん家禄も捨てて言上仕る、とある」

そこでことばを切って、天を仰いだ。

「わしが、もっと前に決心しておれば、溝口殿を死なせずにすんだのかもしれぬ」

独り言ともつかぬ物言いであった。

「いかがなされる御所存で」

平蔵が問うた。

平蔵と蔵人を見据えて、告げた。

「松平余一郎君の御命を頂戴する。幕府の威信を守るためにも、これ以上犠牲となる者を出さぬためにも、そうせねばなるまい」

「暗殺、でございまするな」

「そうだ。いやしくも将軍家の血筋にあたるお方、表だって処断するわけにはいかぬ」

蔵人を凝然と見つめた。

「結城、すまぬがこの役目、引き受けてくれぬか」

「支配違いにかかわりなく悪を滅ぼす組織。それが裏火盗でございます。権威を笠に着て横車を押し、世に害をなす。まさしく悪以外の何物でもございませぬ」

「手立ては」

「ただ討ち入り、力の限り剣を振るうのみでございまする」

「骸を地にさらしても、拾いにはいけぬぞ」

「斟酌《しんしやく》無用。御役目でございますれば」

「頼む」

平蔵に視線をうつしていった。

「結城をむざむざ死なせとうはない。策はないか」

平蔵が、うむと首をひねった。

「近くには佐《さ》竹右《たけう》京太夫《きょうだゆう》様の下屋敷、少し離れて、数家の大名の下屋敷や旗本の屋敷、御切手《おきって》同心の組屋敷などが建ちならんでおりまする。助けを求めに走られても面倒。屋敷から抜け出られぬよう、手の者を総動員して包囲する所存」

「まかせる」

「つきましては御老中に一通、書面をしたためていただきたく」

「何と書けばよいのじゃ」

「凶盗・浮島の五郎蔵が成敗されたことは、まだ世間に広く知れ渡っておりませぬ。松平余一郎君の屋敷近くに、逃亡した浮島の五郎蔵一味が潜伏している。屋敷内に逃げ込む恐れもあるゆえ、屋敷内での探索、お許し願いたいとの趣旨の書面があれば、結城らの斬り込みもやりやすくなるかと」

「わかった。急ぎしたためよう」

「明日にでも事を決行いたしまする」

　平蔵が蔵人を振り向いて、告げた。

「相田倫太郎、小柴礼三郎らの同心たち、遠慮なく使うがよい。仕掛けるは一度のみ。失敗はゆるされぬ」

「承知仕った」

蔵人がいつもとかわらぬ、穏やかな声音で応じた。

その夜、船宿水月の二階の座敷では、蔵人の前に大林多聞、木村又次郎、柴田源之進、真野晋作、安積新九郎、神尾十四郎ら裏火盗の面々と無言の吉蔵、仁七、雪絵らが坐していた。

「明日、日が落ちるのを待って斬り込む。狙うは松平余一郎君の御命」

多聞に視線をそそいで、いった。

「多聞さん、奥田匠太夫先生のお子たちの敵討ちを果たしたいだろうが、私怨《しえん》はおさえてくれ」

多聞が姿勢をただして応えた。

「裏火盗の一員として働く、と決めております身、ただ御役目を全《まっと》うするのみでございまする」

「吉蔵と雪絵さんは、松平屋敷の近くで皆の着替えを用意して待っていてくれ。返り血を浴びた着物で、帰途につくわけにはいかぬからな」

「明朝にも雪絵さんと一緒に、貞岸寺裏から浅草田圃沿いへと、皆さまの住まいをまわり歩き、着替えをとってきやす」

吉蔵のことばにかぶるように、身を乗り出して仁七がいった。

「あっしにも手伝わせておくんなせえ。仲間はずれは、つれえ」

「仁七、いまやるべきことはお滝の弔いだ。お苑とともに丁重に葬ってやれ。この世にふたりとない母が死んだのだ。それが子としての務めだ」

「あっしは、隠し事をつづけてきやした。迷惑をかけつづけたあげく、命まで助けていただきやした。せめてこの命、役に立てておくんなせえ。このとおりだ」

両手をついて畳に額をすりつけた。見つめて、蔵人がしずかに告げた。

「仁七、裏火盗頭領として命ずる。お滝を弔ったのち、吉蔵たちと合流し、われらに万が一のことあらば、たとえ骸が手に入らずとも、こころを込めて弔ってくれ。頼むぞ」

「結城の旦那……」

強く拳を握りしめた。

蔵人が視線を雪絵に走らせた。雪絵の目に濡れたものがあった。視線がからみあったとき、何かいいたげに口を開きかけた。蔵人が視線をそらして告げた。

「皆、戦いに備えて休むがよい。し残したことは昼までにすませておけ。明日は、われらの命日となるやもしれぬぞ」

五

出役の火事装束を身につけた長谷川平蔵は、日暮の里は、松平余一郎の屋敷の接見の間にいた。

向かい合って坐るのは御堂玄蕃であった。書状に目を通している。読み終わって、いった。

「御老中からの用件、たしかに承りました」

「表門と裏門に、火盗改メの同心を見張り役として配置いたしたい」

「浮島の五郎蔵一味の者が、このあたりに潜伏しているとの、たしかな情報でも入手されたのか」

「先夜、御府内某所で浮島の五郎蔵一味が押し込みにしくじり申した。そのときの争いにて果てた、用心棒とおぼしき浪人三人を、このあたりで見かけたと申し立てる者がおりましてな。盗っ人宿のひとつがこのあたりにある、と見立てております」

「……浪人三人を見たのは何者でござるか」

「その言、信ずるに足る者とだけ申し上げておきまする」

御堂玄蕃は書状を封じ紙につつみこんだ。

「同心配置の件、承知いたした。ただし表門、裏門付近以外の見回りはお断り申す。当家には当家のやり方がござる」

「さっそくのお聞き届け、痛み入る。表門には同心・相田倫太郎。裏門には同じく同心・小柴礼三郎を配置いたす」

「承知仕った。お役目ご苦労に存ずる」

「これにて」

平蔵は右脇に置いた大刀を手にとった。


時の鐘が、昼八つ（午後二時）を告げて鳴り響いている。船宿水月の神田川に面した二階の座敷では、蔵人ら裏火盗の面々が円座を組んでいた。なかにひとり、裏火盗にかかわりのない者がまじっていた。定信が松平余一郎の屋敷に間者として送り込んでいた、村居栄二郎であった。

円座の中央に一枚の絵図面があった。余一郎の屋敷の絵図面であった。

絵図面に描かれた奥座敷を指でしめして、村居がいった。

「ここがお藤の方の居間。そこから数間おいた庭に面した座敷が、余一郎君の住み暮らすところでござる」

蔵人が問うた。

「御堂玄蕃の住まうところは、どこでござるか」

「表門からつらなる御長屋でござる。側役筆頭とはいえ、しょせんは付き人。拙者からみても、扱いのほどは働きのわりには冷たいものでござった」

蔵人は無言でうなずいた。御堂玄蕃は、お藤の方から便利に使われていただけなのだ、と判じた。が、あれほどの男がそのくらいのことがわからずにいるとはとてもおもえなかった。ふと、そのこころのうちをのぞいてみたい衝動にかられた。が、

（しょせんは、今夜命のやりとりをする相手。こころを触れ合わせるなどできぬ立場にある者）

とのおもいがこころを閉じさせた。

「斬り込みに加わり、屋敷内の案内などいたしたいが」

村居がいった。

「その儀は固くお断り申す。村居殿は御老中の御家来。事が成就せず、共に斬り

死にせしときは、松平余一郎君暗殺を仕掛けたは御老中なり、と世の批判を浴びる種になるは必定でござる」

蔵人のことばに唇を噛んで、しばし黙り込んだ。

「お藤の方ならびに余一郎君の所行、許し難し、との強いおもいがござる。事の成就、蔭ながらお祈りいたす」

「もとより持てる力の全てを注ぎ込む所存。この場におる者みんな、同じ覚悟を決めております」

「命つづくかぎり邪悪をなし続けるふたり。是非にも仕留めてくだされ。このとおりお願いいたす」

両手をつき、深々と頭を下げた。

そのころ、お藤の方は甲高い声を発して、御堂玄蕃をののしっていた。襖を締めきった居間とはいえ、その声は屋敷中に聞こえているはずであった。

「後難はない、と約束したではないか。それを火盗改メ風情に乗り込まれて、探りを入れられるとはなんたる失態。どう責任をとるつもりじゃ」

御堂玄蕃が低く告げた。

「これは面妖な仰りよう。返答のしようがありませぬな」

ふてぶてしい笑みを片頰に浮かべた。それまで見せたことのない、獰猛《どうもう》な獣をおもわせる光が眼のなかにあった。

「御堂、そちは」

息をのんだ。

「責任をとるはお方さまでございまする。浮島の五郎蔵を使い、畜生盗みをさせ、上前をはねたはお藤の方、あなたさまでございまするぞ」

「それは……」

「覚悟を決めなされ。死ぬのは一度きりでござるよ」

お藤の方が大きく目を見開き、喘いだ。

「死にとうない。わらわは死にとうない。御堂、死ぬことはあるまいの。死なぬ、といっておくれ。決して死ぬことはないと」

御堂玄蕃はそれには応えず、じっとお藤の方を見据えている。その眼は、こころのない、びいどろの黒玉と化していた。お藤の方は得体の知れぬ妖怪と対峙している錯覚にとらわれ、恐怖におもわず身を震わせた。

「万が一、浮島の五郎蔵一味が逃げ込んできたときは、処断せねばなりませぬ」

「処断？」

「斬り殺すのでございまするよ」

「いままで働いてくれた仲間を、か」

「見逃して、松平余一郎君が凶盗・浮島の五郎蔵にかかわりあり、との疑いを幕閣の要人たちに抱かせるのでございますか。支配違いの、火付盗賊改方の長谷川平蔵に書状をもたせ、屋敷内に同心を配置できるよう計らったのは、老中筆頭・松平定信様でございまする」

「……それでは御老中には、すでにわれらと浮島の五郎蔵のかかわりを、疑っておられると」

「わかりませぬ。ただの推測にすぎぬこと」

「いいや、そうじゃ。御老中はなかなかの切れ者との噂じゃ。御堂、そちだけが頼りじゃ。よろしゅう取りはからってくれ」

「これが最後のご奉公とこころを定めております。力は尽くしまする」

「最後のご奉公。そちはわれら母子を見捨てるのか」

「遠き国へ旅立つことになるやもしれませぬ」

御堂玄蕃はことばをきってじっとみつめた。

氷のように冷え切った、鋭利な刃をおもわせる眼差しだった。

「慈母観音という仏がおりまする。私は、母は子を慈しみ、あるときは厳しく、またあるときは優しく育てていく者だとおもうておりました。が、お方さまは違《ちご》うておられます。余一郎君は権威など求めてはおられませぬ。日々平穏に暮らし、剣の修行に励み、古今東西の書に親しむ。それで満足して生涯を終えられるお人。お方さまは、それをおのれのおもいのままにねじ曲げておられまする」

「そちは、わらわに意見する気か。九代将軍・家重さまの寵愛を受けた身であるぞ」

「手配があります る。下がらせていただきます」

御堂玄蕃は畳に両手をついて深々と頭を垂れた。

夜の帳《とばり》がおりていた。道灌山が黒くその姿を夜空に浮き立たせている。ぐるりを見回っていた火盗改メの手の者も、日暮れ前には引き上げていた。表門と裏門に同心ふたりが見張役として残っていた。

「見張役、か」

御堂玄蕃はつぶやいた。

(おそらく刺客の引き込み役)

修羅の暮らしをつづけてきた者が持つ、危険にたいする勘、ともいうべきものであった。

(今夜襲って来る)

御堂玄蕃は空を見上げた。星一つない闇が際限なく広がっていた。不思議なことは、襲撃してくる相手が、結城蔵人とその一党だとの確信があることだった。理由はなかった。なぜかこころがそう告げていた。御堂玄蕃はおのれのおもいのもとを探った。

「おれが、そう望んでいるのかもしれぬ」

口に出していた。

(結城蔵人が相手なら剣士として死ねる。あ奴は、必ずおれを剣士として扱ってくれる)

わずかな触れ合いだったが、根底のところではわかりあえた、との手応えを感じていた。

(身勝手な思いこみかもしれぬ……)

自嘲が浮いた。

「長く、生きすぎたのかもしれぬ」

御堂玄蕃は眼を細めた。闇空に赤子を抱く母の幻がはっきりと見えた。赤子は、いつもそうだった。母は、母の顔は……母の顔を見定めようとこころをそそいだ。その姿はおぼろで、けっして明らかになることはなかった。

「母御……」

呼びかけた。

母と赤子の幻影が薄らぎ、かぶるように、荒れ野で剣を握りしめたまま俯せに倒れている粗末な小袖と袴を身にまとった浪人の姿が、眼に映った。

「父御……」

さらに呼びかけた。応えはなかった。が、いつもと違うおもいがこころにあった。

（もうじき父御と母御にあえるかもしれぬ）

御堂玄蕃は微かな笑みを浮かべた。

結城蔵人と安積新九郎、神尾十四郎、真野晋作、の四人は表門から、大林多聞、柴田源之進、木村又次郎の三人は裏門から斬り込むと打ち合わせてあった。まず蔵人らが斬り込む。剣戟の音を聞きつけたら多聞らが斬り込んでくる、との段取りとなっていた。

表門の前に立った蔵人は潜門の扉を軽く叩いた。なかから扉が開き、相田倫太郎が顔をのぞかせた。

蔵人が門内に入り、新九郎、十四郎、晋作とつづいた。扉を閉めて、相田倫太郎がいった。

「助太刀いたす」

「無用。手筈どおり当て身をくらって気を失ったことにしてくだされ。生き残った者がいて、火盗改メの同心が斬り込みに加わっていた、と話せば長谷川様に累が及ぶ」

「わかり申した。当て身を」

相田倫太郎が腹を突き出した。後々調べられるようなことがあったら、躰に当て身のあとが残っていないのは、疑惑を残すもととなる。実際に当て身をくらわすと決めてあった。蔵人が狙いすまして当て身をくれた。低く呻いて、相田倫太郎が崩れ落ちた。

門番詰所に新九郎が乱入した。あわてて立ち上がった門番ふたりに、峰打ちの一打をくわえた。眼を剝いて転倒する。

攻撃はまず長屋からと定めてあった。二人一組となって、門脇の長屋に斬り込んだ。が、長屋にいるはずの側役の姿はなかった。すべての長屋がもぬけの殻だった。

村居から、

「側役は御堂玄蕃を入れて十二人。用人がひとり。腰元と下女をあわせて五人。中間《ちゅうげん》が四人」

と聞かされていた。

「もしや、われらが攻撃を仕掛けてくるのを予期して、どこぞで待ち伏せしているのでは」

新九郎が問いかけた。

「二人一組となり、二手に分かれて松平余一郎君の居間に向かってすすむ。抵抗する者は斬れ。戦う意志のない者は峰打ちで気絶させる。よいな」

新九郎らが緊張を漲《みなぎ》らせて、うなずいた。

木の幹に身を隠しながら、庭木づたいにすすんでいった。松平余一郎の居間をうかがうところにたどりついたとき、蔵人は足を止めた。じっと見つめる。縁側に松平余一郎が坐していた。傍らに御堂玄蕃。側役たちが周りに控えていた。

「ひい、ふう、みい……」

十四郎が指を折って数えた。

「十四。全員がそろっている勘定だ」

蔵人をみやった。応じて、いった。

「御堂玄蕃は、迎え撃って力勝負で斬り合う策をとったのだ」

「十四対四か。多聞さんらが駆けつけるまで、無傷のままでいられるかどうか」

「やるだけやる。それだけのことだ。いくぞ」

蔵人は胴田貫を抜きはなった。庭木の後ろから出て、姿をさらした。十四郎がつづいた。

別の木陰にいた新九郎が、晋作が姿を現し、大刀を抜きつれた。蔵人ら四人は悠然とした足取りですすんでいく。

御堂玄蕃が前に出てきた。蔵人の姿を見極めて、笑みを浮かべた。

「結城蔵人。やはり刺客はおまえだったたか」

「わかって、いたか」

「命のかかった場で触れ合った仲だ。勘が働いた」

「できれば違った立場であいたかった。語り合うこともできたはず」

「嬉しいことをいってくれる」

一息おき、鋭く見据えて、いった。

「剣士としての勝負、楽しみにしていた」

大刀を抜きはなった。

「おれもだ」

低く下段に構えた。

「はじめて見る構え。秘伝につながるものとみた」

「わが鞍馬古流につたわる秘伝『花舞の太刀』につながる構え」

「秘伝を使《つこ》うてくれるとは、こころづかい、痛み入る」

正眼にかまえた。

ふたりが睨みあったのを合図としたかのように、新九郎らが、控える側役たちへ向かって斬り込んでいった。激しく斬り結ぶ。鉄をぶつけあう鈍い音が重なった。

御堂玄蕃が半歩間合いを詰めた。蔵人は動かない。

「玄蕃、おれが勝負をつける」

叫んで、横合いから斬りかかった黒い影があった。

「愚かな」

御堂玄蕃が叫ぶのと、蔵人が逆袈裟に胴田貫を振るうのと一緒だった。黒い影、松平余一郎は斜めに胴を切り裂かれ、よろけた。刀を杖代わりに懸命に躰を支えた。

「おのれ、まだ負けぬ」

「手当をすれば助かる。僧籍に入り、いままでの無法を悔い改めれば、幕閣にも情けはあろう。ましてや徳川の血を引く者、むげにはすまい」

いいつつ、胸中でつぶやいていた。

(おれも、東照大権現・徳川家康公の嫡男・岡崎信康の末裔。同じ徳川の血を引く者なのだ)

同じ血流の者を斬る。そのことが蔵人に最後の情けをかけさせた。

「余一郎。そのざまはなんです。腑抜けた負け犬そのものではありませぬか」

甲高い声がかかった。

庭木の蔭にでも身を潜めていたのであろうか、お藤の方が歩み寄ってくる。足を止めて、わめいた。

「おまえは九代将軍家重さまのお子。負けることは許されませぬ。不埒者は無礼討ちにするのです。結城蔵人、九代さまのお子への無礼、許されませぬぞ。討たれるが筋というものじゃ。余一郎、あくまで戦うのです。わらわはおまえをそんな弱い子に育てたつもりはありませぬ」

目が吊り上がっていた。怒りと憎しみに満ち満ちた凄まじい形相だった。

「おれは将軍の子。不埒者。成敗」

譫言《うわごと》のようにつぶやいた。見据えて、怒鳴った。

「おのれ結城蔵人、無礼討ちにしてくれる」

刀を振りかざし、よろめきながら斬りかかった。同じ上段から蔵人が胴田貫を振り下ろした。幹竹割に断ち切られた余一郎の頭頂から血が噴きあがった。どうとばかりに倒れ込む。身動きひとつしなかった。

「余一郎、起きあがるのです。不埒者は成敗するのです。ええい、だらしのない、弱虫めが」

歩み寄り、睨み据えた。

「鬼」

吠えるや、御堂玄蕃は袈裟懸けの一刀を振るっていた。肩口を深々と切り裂かれ、よろけたお藤の方が目を向けた。

「御堂、なぜ」

「あなたは母ではない。鬼だ」

上段から松平余一郎同様、脳天幹竹割の一撃をくわえた。お藤の方は刀に押し潰されたかのように跪《ひざまず》き、そのまま崩れ落ちた。

蔵人は右下段に胴田貫を置き、じっと様子を見つめている。

「御頭」

声を上げて、抜刀した多聞らが駆け寄ってきた。ちらと余一郎の骸に視線を走らせた。

「余一郎君を。仇を」

「討った。戦いにくわわれ。新九郎ら、苦戦しておる」

多聞らはうなずき、一斉に斬りこんでいった。

ふたたび御堂玄蕃が蔵人の前に立った。

「あの男、御頭、と呼んだな。幕府の蔭の組織の者か」

「裏火盗という」

「裏火盗……それで火付盗賊改方が」

「剣士の勝負に無用のこと。仕合にもどろう。もう邪魔は入らぬ」

「まいる」

正眼にかまえた。蔵人は低く下段に構えた。剣先は地面すれすれに置かれている。

御堂玄蕃は一歩迫った。蔵人は動かない。手の内を探るべくさらに半歩間合いを詰めた。

多聞らがくわわったことで、勝負は一気に裏火盗に有利に展開した。新九郎が最後のひとりを斬り捨てた。蔵人が視線を走らせたとき、大上段に振りかぶった御堂玄蕃が斬りかかった。

胴田貫の切っ先が地に食い込み、土を大きく跳ね上げた。土礫《つちつぶて》が御堂玄蕃の顔面を襲った。御堂玄蕃は一瞬、眼を閉じた。が、そのまま怯むことなく踏み込んで刀を振り下ろした。ほとんど同時に蔵人は、低い姿勢のまま右脇腹から左腋の下へと切り裂きながら、御堂玄蕃の左脇を駆け抜けていた。

新九郎が驚愕の眼を剝いた。

「御頭が、斬られた」

その声に多聞らが視線を向けた。

蔵人が身につけた小袖が、肩口から背中にかけて切り裂かれていた。吹き出た血か、紅く染まっている。


蔵人は斬られたとおもった。御堂玄蕃は土の礫を受けながらも、躊躇《ためら》うことなく刀を振り下ろした。花舞の太刀は、間合いの剣である。土礫を敵の顔面にぶつけ、わずかに怯んだ隙をついて、全力で敵の左脇を駆け抜け、左脇腹から右腋下へ向かって剣を振るう。敵の間合いにたいする感覚を、わずかに狂わすことによって相手を倒す、必殺の秘剣であった。

蔵人は花舞の太刀が破れたことを知った。が、なぜか御堂玄蕃の刀は背中の皮一枚を斬ったところで止まったのだ。

「なぜ、刀を止めた」

御堂玄蕃を見据えた。御堂が見つめ返して、告げた。

「おれの、勝ちだ」

「なぜだ」

「おれが生き延びるより、結城蔵人、おぬしが命永らえた方が、何かといいと、おもっただけのことだ。しょせん」

力尽きたか、がくりと片膝をついた。

「この世に生まれ落ちたことが間違い、だった、のだ」

ふっと、自嘲めいた笑みを浮かべた。

「しかし、最期に、いい夢を、見た。おれは、剣士だ。剣士として、死ねた。父御、の、ように」

何か言いたげに口を動かした。それまでだった。前のめりに倒れこんだ。

「御堂……」

蔵人は凝然と立ちつくした。

「生まれ落ちたときから、この世に見捨てられた者も、たしかにいるのだ」

平蔵が盃を置いて、いった。隅田川に漕ぎ出した屋根船の簾《すだれ》は巻き上げられていた。粉雪が舞っている。冷たい風が吹き込んできた。蔵人は黙って、盃を干した。松平余一郎暗殺から、すでに数日がたっていた。

仁七が艫《とも》で煙草をくゆらせている。

「仁七、こっちへ来い。三人で雪見酒と洒落《しゃれ》込もうぞ」

平蔵が盃を掲げてみせた。

炭がはじける火鉢を囲んで、酒宴が始まった。平蔵が、仁七に問うた。

「お滝の弔いはすんだか」

「おかげさまで、無事に」

「慈母観音は、優しさと慈しみをたたえた母性を持つ仏だといわれている。仁七、おまえは慈母観音を見たのかもしれぬな」

仁七は盃を持つ手を止めた。しばしの沈黙があった。

「……てめえの命を捨てて子をかばって死ぬ。瞼を閉じるといまでも、おっ母あの最期の笑顔が浮かんでくるんでさあ、はっきりとね」

仁七の声がかすかにくぐもった。

蔵人は、御堂玄蕃の最期のことばをおもいおこしていた。

「おれは、剣士だ。剣士として、死ねた。父御、の、ように」

あのとき、何かいいたげに口を動かしていた。蔵人のなかに、ふと湧いたおもいがあった。

(母御、といいたかったのではなかろうか)

蔵人は視線を宙に浮かせた。粉雪がゆったりと降りそそぎ、墨絵ぼかしの風景を、次第に真白に染め上げていく。川沿いの町々は銀色にきらめく、一面の雪景色と化していった。

【参考文献】

『江戸生活事典』三田村鳶魚著　稲垣史生編　青蛙房
『時代風俗考証事典』林美一著　河出書房新社
『図録　近世武士生活史入門事典』武士生活研究会編　柏書房
『日本街道総覧』宇野脩平編集　人物往来社
『図録　都市生活史事典』原田伴彦・芳賀登・森谷尅久・熊倉功夫編　柏書房
『復元　江戸生活図鑑』笹間良彦著　柏書房
『絵で見る時代考証百科』名和弓雄著　新人物往来社
『時代考証事典』稲垣史生著　新人物往来社
『長谷川平蔵　その生涯と人足寄場』瀧川政次郎著　中央公論社
『考証　江戸事典』南條範夫・村雨退二郎編　新人物往来社
『江戸老舗地図』江戸文化研究会編　主婦と生活社
『新版　江戸名所図会　～上・中・下～』鈴木棠三・朝倉治彦校註　角川書店
『武芸流派大事典』綿谷雪・山田忠史編　東京コピイ出版部
『大江戸ものしり図鑑』花咲一男監修　主婦と生活社
『江戸切絵図散歩』池波正太郎著　新潮社
『大日本道中行程細見圖』人文社

『寛政江戸図』人文社
『嘉永・慶応　江戸切絵図』人文社

コスミック・時代文庫

裏《うら》火《か》盗《とう》裁《さば》き帳《ちよう》

六

2024年2月25日　初版発行

【著者】
吉《よし》田《だ》雄亮《ゆうすけ》

【発行者】
佐藤広野

【発行】
株式会社コスミック出版
〒154-0002 東京都世田谷区下馬 6-15-4
代表　TEL.03(5432)7081
営業　TEL.03(5432)7084
FAX.03(5432)7088
編集　TEL.03(5432)7086
FAX.03(5432)7090

【ホームページ】
https://www.cosmicpub.com/

【振替口座】
00110-8-611382

【印刷／製本】
中央精版印刷株式会社

ISBN978-4-7747-6536-5 C0193

COSMIC
時代文庫

吉田雄亮 の最新シリーズ！

書下ろし長編時代小説

上様に代わって――
おれが成敗してやる！

将軍側目付
暴れ隼人

将軍側目付
暴れ隼人
吉宗の影

絶賛発売中！

お問い合わせはコスミック出版販売部へ！
TEL 03(5432)7084
http://www.cosmicpub.com/

COSMIC時代文庫

吉岡道夫　ぶらり平蔵〈決定版〉刊行中！